KB037071

엉뚱하고 자유로운 글쓰기도 괜찮아

원고를 꼼꼼히 다 읽었다. 이론과 실용이 잘 결합된, 좋은 글쓰기 지침서라고 생각한다. 나 스스로도 읽으면서 많은 도움을 받았을 만큼 글쓰기에 관한 현실적인 이야기와 글을 쓰며 사는 삶에 대한 작가의 진심이 돋보인다. 글은 얼마든지 고칠 수 있지만 한번 지나간 삶은 다시 고칠 수 없다는 김무영의 말은 실은 모두가 새겨들어야 할 글쓰기의 기본이라 생각한다. 그가 꿈꾸는 것처럼 누구나 즐겁게 글쓰기를 흥얼거리고, 서로가 서로의 작가와 독자가 되어주는 진정한 글쓰기 전성시대가 오기를 바란다.

— **강 원 국** 작가, 《대통령의 글쓰기》, 前 청와대 연설비서관

글쓰기를 문장 꾸미는 기술 정도로 생각하는 고질적 편견에서 벗어나게 해주는 책이다. 김무영 작가의 통찰이 잘 보여주듯이 글은 단순한 기술이 아니라 바로 진실한 나다움을 드러내는 작업이고, 깊은 사색의 결과물이며 엉덩이의 힘으로 만들어지기 때문이다. 자신의 글을 갖고자 하는 사람이라면 그의 친절한 조언에 귀를 기울여보자.

— **박 홍 순** 작가, 《미술관 옆 인문학》, 《저는 인문학이 처음인데요》 등

글쓰기는 어렵다. 글을 쓰는 일이 어려운 것도 있겠지만, 글을 쓰는 삶이 가진 무게 때문에 더 어렵다. 작가는 그래서 때로 밤을 지새우며 어쩌지 못할 과거와, 어쩌면 어쩔 수도 있을 미래를 이야기한다. 나는 이 책에서 다시금 글을 쓸 용기와 위로를 얻었다. 우리는 그렇게 서로를 격려하며 함께 글을 쓰고 있음을 일깨워준 책이다. 글쓰기가 고단한 이들에게 일독을 권한다.

— **이 미 애** 동화 작가, 《반쪽이》, 《할머니의 레시피》 등

김무영 작가는 이미 〈책벌레 글쓰기〉의 첫 세미나 강사로 초빙된 이래 그룹 활동에 가장 큰 영향을 미친 멘토이자 운영진 중 한 사람이다. 대부분 글을 배우고자 하는 사람들이 모인 공간에서 기꺼이 자신의 재능을 기부하여 '글을 쓰는 기쁨'을 공유할 수 있도록 헌신하는 그의 노력이 마침내 한 권의 책으로 나오게 되어서 너무나 기쁘다. 문학뿐만 아니라 인문학, 사회과학, 예술학에 이르는 그의 방대한 지성이 보다 더 많은 사람들에게 유익한 도움으로 전해질 것을 확신한다.

— **최 효 석** 작가, CEO, 《세계일주를 꿈꾸는 당신에게》, 〈책벌레 글쓰기〉 그룹 운영자

어떻게 글을 잘 쓸 수 있는지, 왜 글을 잘 써야 하는지에 대한 책은 널리고 널렸다. 그러나 이 책은 '디지털 시대에 어째서 나는 글이 쓰고 싶은 걸까?'라는 의문을 품은 당신에게 속 시원한 해답을 줄 것이다. 책을 읽는 동안 문장 하나하나, 글로 밥벌이 중인 나 자신의 속내를 들킨 기분이 들기도 했다. 그만큼 가깝게 와 닿았던 책이다. 많은 이들의 글쓰기 엔진에 시동을 걸어줄 첫 번째 책이 되리라 믿어 의심치 않는다.

— **최 진 주** 작가, 《필링펀치》 편집장

오랜 신문사 기자 생활을 거쳐서, 이제 〈인사이트〉라는 새로운 형태의 미디어를 운영하고 있다. 지금은 가히 콘텐츠의 시대다. 우리는 콘텐츠 자체가 가지는 힘에 주목한다. 그런데 그러다 보니 늘 좋은 글에 대한 고민과 아쉬움이 남는다. 콘텐츠 자체는 좋지만, 그것을 담아내는 글이 콘텐츠를 받쳐주지 못할 때가 너무나 많기 때문이다. 《글쓰기 비행학교》를 읽으면서 나는 무릎을 딱 쳤다. 내 삶이 곧 내용이 되는 글쓰기, 작가 김무영은 자신의 경험과 삶을 토대로 어떻게 하면 내용과 형식이 일치하는 글을 쓸 수 있는지를 이야기한다. 그의 말처럼, 이 책은 글쓰기의 요령이 아니라, 글 쓰는 삶을 선물하는 책이다. 자신의 콘텐츠를 글로 잘 표현하고 싶다면, 부디 이 책을 읽기 바란다.

— **안 길 수** CEO, 〈인사이트〉

모든 것이 투명하게 연결되고 공유되는 시대, 이제는 글이 말보다 더 중요해져가고 있습니다. 글을 통하여 네트워크에서 서로의 정체성과 전문성을 소개하고 관계와 협업을 맺는 요즈음, 글 쓰는 기술보다 나다운 글쓰기가 먼저일 것입니다. 그동안 말과 글 그리고 실천을 일관되게 보여주고 있는 김무영 작가의 《글쓰기 비행학교》를 통해, 자신의 삶을 훨훨 날아올려 보면 어떨까요?

— **고 우 성** 〈북포럼〉 PD, 지식 큐레이터

엉뚱하고 자유로운 글쓰기도 괜찮아

다, 괜찮아 01

초판 1쇄 발행 2014년 07월 25일
개정 1쇄 발행 2020년 07월 25일

지은이 김무영
발행인 김태영

발행처 도서출판 씽크스마트
주소 서울특별시 마포구 토정로 222(신수동) 한국출판콘텐츠센터 401호
전화 02-323-5609 · 070-8836-8837 팩스 02-337-5608

ISBN 978-89-6529-244-9 03800

- 원고 kty0651@hanmail.net
- 페이스북 www.facebook.com/thinksmart2009
- 블로그 blog.naver.com/ts0651

- 이 도서의 국립중앙도서관 출판예정도서목록(CIP)은 서지정보유통지원시스템 홈페이지(http://seoji.nl.go.kr)와 국가자료공동목록시스템(http://www.nl.go.kr/kolisnet)에서 이용하실 수 있습니다.(CIP제어번호: CIP2020026173)

- 씽크스마트 • 더 큰 세상으로 통하는 길
- 도서출판 사이다 • 사람과 사람을 이어주는 다리

〈엉뚱하고 자유로운 글쓰기도 괜찮아〉는 2014년 출간된 〈글쓰기 비행학교〉의 개정판입니다. 나를 위한 즐겁고 유용한 도구로서 글쓰기를 누리시길 바랍니다.

다,
괜찮아
01

엉뚱하고 자유로운 글쓰기도 괜찮아

김무영 지음

프롤로그

삶의.

기술로써.

글쓰기.

내 직업은 전업 작가다. 나는 글을 써서 먹고산다. 글쓰기로 먹고사는 건 내 오랜 소원이었다. 이 소원을 이루기까지 무려 20년이 넘게 걸렸다. 다시 말해, 20년이 넘는 긴 시간 동안 나는 미련하게 글쓰기 하나만 붙잡고 고민했다.

"어떻게 하면 글을 잘 쓸 수 있을까?"

고민은 늘 이것이었다. 답이 없는 건 아니었다. 삼다三多는 내 생애 최초의 글쓰기 비결이었다. 다독多讀 많이 읽고, 다작多作 많이 쓰고, 다상량多想量 많이 생각하라는 뜻이다. 삼다는 중국 남송南宋 시대의 문장가, 구양수歐陽脩, 1007-1072가 《위문삼다爲文三多》라는 글에서 썼다.

알고 보니 나는 어려서부터 이미 삼다가 몸에 밴 사람이었다. 불행인지 다행인지 열 살 때 아킬레스건 수술을 받는 바람에, 나는 늘 혼자서 책을 읽고 글을 쓰면서 놀았다. 그 덕분인지 글 잘 쓴다는 소리는 자주 들었다. 우리 반에서 니가 제일 잘 쓴다는 소리도 심심찮게 들어보았다. 하지만 글을 잘 쓰는 것만으로는 작가가 될 수 없었다. 나는 나이 서른이 넘어서야 간신히, 그것도 남의 글을 대신 써주는 대필 작가가 될 수 있었을 따름이었다.

나는 3년간 대필 일을 하면서 모두 여덟 권의 책을 써주었다. 그중에는 인터뷰 모음집과 사례집이 많았는데, 여덟 권의 책을 쓰면서 내가 취재한 사람만 대략 이백여 명에 달했다. 많은 사람들을 만나고 그들의 책을 대신 써주면서, 나는 비로소 내가 왜 더 빨리 작가가 될 수 없었는지를 깨달았다. 글쓰기의 핵심은 내용콘텐츠이지, 요령이 아니었다. 나는 어떻게 하면 글을 잘 쓸까 고민하면서도, 정작 무엇을 쓸 것인지에 대해서는 제대로 고민하지 못했던 것이다. 나는 뒤늦게 나 자신에 대해서 고민하기 시작했다. 그리고 대필을 시작한 지 3년 만인 작년 가을에 드디어 내 이름이 박힌 첫 번째 책,《인문학은 행복한 놀이다》를 펴냈다.

글을 잘 쓰면서도 왜 더 빨리 작가가 될 수는 없었던 걸까? 작가란 그저 글을 잘 쓰기만 하면 되는 게 아니었을까? 아니면 내가 글쓰기를 착각하고 있었던 것일까? 그랬다. 나는 글쓰기를 오해했었다.

글쓰기란 무엇일까?

세상에는 수많은 글이 존재한다. 아주 오래전, 아직 종이조차 없었던 고대에도 글쓰기는 존재했다. 사람들은 거북이 등껍질이나 파피루스갈대 줄기에 글을 썼다. 미래에도, 이를테면 3D 프린터와 홀로그램 같은 입체 영상이 집집마다 흔해져도, 글쓰기는 여전히 존재할 것이다. 방식이 달라질지언정, 글쓰기가 사라질 것 같지는 않다.

그런데 새삼스럽게 글쓰기가 유행이다.

나는 2년 전부터 〈용감한 작가들〉이라는, 현직 작가와 작가 지망생들의 글쓰기 모임을 꾸려오고 있다. 사실 그때만 해도 글쓰기 모임이라면 그저 소설이나 시를 지망하는 순수문학을 떠올리기 십상이었다. 하지만 요즘은 너 나 할 것 없이 글쓰기에 열을 올리는 분위기다. 소설이나 시뿐만 아니라 에세이, 칼럼, 여행기, 블로그, 자기소개서, 작문과 논술 등 다양한 장르의 다양한 글쓰기가 각광을 받고 있다. 페이스북에서 강사로 활동하고 있는 〈책벌레 글쓰기〉라는 모임만 해도 회원 수 4,000명에 매일 100명씩 신규 회원이 가입 신청을 한다.

최근에는 우리 집 근처에서 편하게 글쓰기 모임을 만들어 볼 요량으로 〈삶글모임: 삶의 기술로써 글쓰기 모임〉이라는 걸 시작했다. 기껏해야 다섯 명만 모여도 다행이겠거니 했었는데, 신청자가 쇄도하는 바람에 오히려 내가 많이 당황했다. 결국 여섯 명씩 모이는 모임 6개를 따로 만들어서 두 달 동안 글쓰기 모임을 진행했다. 지방에서도 신청자가 많았지만, 그 이상은 도저히 감당하기 힘들었다. 죄송하지만 지방 모임은 못 하겠다고 말씀드렸다. 대신 글쓰기에 관한 책을 쓰자고 마음먹었다. 사람들은 왜 지금 '글쓰기'에 이토록 관심을 가지는 걸까? 나는 글쓰기에 관해 말하고 싶어졌다.

그러니까 이 책은 글쓰기에 관한 책이다. 이 책에는 20년도 넘게 글쓰기를 고민했던 내 삶이, 글을 쓰면서 먹고사는 지금 내 일상이, 그리고 글쓰기를 필요로 하는 지금 우리 시대 수많은 사람들의 고민이 다 함께 담겨 있다.

고민이 더 깊어진다. 과연 글쓰기란 무엇일까?

글쓰기를 통해서 글쓰기를 묻는다

나는 이제 글쓰기를 통해 글쓰기의 본질을 살펴보려고 한다. 글을 잘 써서가 아니라, 글쓰기가 아니고선 글쓰기를 파헤칠 다른 방법이 없기 때문이다. 사람은 같이 살아봐야 서로의 진면목을 알 수 있고, 글은 직접 써봐야 글쓰기가 무엇인지 깨달을 수 있다. 글쓰기에 대해 아무리 많이 이야기한들, 그래서 단 한 글자도 직접 쓰지 못한다면 그게 무슨 소용이겠는가.

중요한 것은 요령만 가지고선 절대로 글쓰기를 깨칠 수 없다는 사실이다. 글쓰기를 안다는 건 글쓰기의 본질을 아는 것이다. 아름다움을 논하면서 메이크업 요령만 말할 수는 없지 않은가. 글쓰기의 요령이라는 건 결국 글쓰기의 일부에 지나지 않는다. 내가 더 빨리 작가가 될 수 없었던 이유는 글쓰기 요령을 글쓰기의 전부인 양 오해했기 때문이었다.

사람들은 글쓰기를 잘하고 싶다면서 마치 특별한 글쓰기의 비결이라도 있는 줄로 착각한다. 마치 메이크업만 잘하면 정말로 아름다운 사람이 될 수 있는 것처럼 말이다. 요령만 가지고 글을 잘 쓸 수는 없다. 글쓰기는 요령의 문제가 아니라 사실은 삶의 문제다. 글을 잘 쓰려면 글을 잘 쓸 수 있는 삶을 살아야 하는 것이다. 요령이 아니라 삶을 고민해야 한다.

일상에서 글쓰기의 비중은 날로 커지는 추세다. 직업과 분야를 막론하고 어디서든 글로 자신의 의사意思를 표현하는 능력이 중요해졌다. 인터넷과 SNS 같은 미디어의 발달도 한몫했고, 대학 입시와 취업 때문에 자기소개서와 에세이 같은 실용 글쓰기의 비중도 높아졌다. 이러한 시대적 흐름과 개인들의 현실적인 필요에 따라서, 보편적인 자기표현 수단으로서의 일상적인 글쓰기가 하나의 중요한 화두가 되었다.

최근 《대통령의 글쓰기》를 펴낸 강원국 선생님께서는 지금의 이러한 세태를 일컬어 '글쓰기를 강요당하는 시대'라고 말씀하신 적도 있다. 그만큼 자신의 의견을 분명하게 표현하지 않으면 안 되는 상황이 많아졌기 때문이다. 원치 않는 사람도 글을 쓰지 않으면 안 되는 시대, 누구나 글을 써야 하는 시대, 어쩌면 이것이 지금 우리 시대의 한 자화상인지도 모르겠다. 하지만 이러한 시대일수록 글쓰기가 가진 본래 의미가 무엇인지 알아야 한다. 바야흐로 글쓰기의 철학이 중요해진 시대다.

글쓰기의 본질을 탐구하다

그럼에도 불구하고, 요즘 사람들은 글쓰기의 요령skill만을 취할 뿐, 글쓰기의 정신spirit은 좀처럼 탐구하려 들지 않는다. 이것은 마치 인간관계의 본질은 그대로 내버려 둔 채 그저 서로의 육체만을 탐하는, 아주 단순하고 감각적인 지금의 세태를 닮았다. 육체의 황홀한 쾌락을 맛보았다고, 상대방과 깊은 관계를 맺었다고 할 수 있을까? 마찬가지로 글쓰기 요령을 잘 안다고 해서, 혹은 글을 많이 써봤다고 해서, 글쓰기를 잘 안다고 말할 수는 없다.

말하기를 예로 들어보자. 영화 〈킹스 스피치〉의 주인공, 영국의 조지 6세를 아는가? 그는 형 에드워드 8세가 심슨 부인

과의 스캔들로 갑자기 퇴위하자, 별다른 준비도 없이 급하게 왕위를 물려받았다. 사교적이고 호남형인 에드워드 8세와 달리, 조지 6세는 심약했고 지병도 많은 데다 말더듬이였다. 이런 그를 바라보는 사람들은 우려를 감추지 못했다. 게다가 왕위에 오르고 얼마 뒤 2차 세계대전이 발발했다. 조지 6세는 전시戰時를 이끌 막중한 국왕 연설을 감당하기 위해 언어치료사인 라이오넬 로그를 찾아간다. 애초에 조지 6세가 기대했던 건 그저 더듬지 않는 수준에서 연설을 하는 정도였을 것이다. 하지만 조지 6세는 말더듬을 극복하는 정도가 아니라 역사에 남을 명연설을 남겼으며, 1936년부터 1952년까지 격동하는 현대사의 한복판에서 자신에게 주어진 국왕의 책무를 잘 수행했다는 평가를 받았다. 라이오넬 로그가 조지 6세의 말더듬증을 잘 고쳐줬기 때문일까? 아니다.

나는 라이오넬 로그가 잘 고쳐줬기 때문이 아니라, 조지 6세와 함께 말하기 자체를 다시 고민해주었기 때문이라고 본다. 무슨 말이냐면, 조지 6세에게 말하기란 처음에는 두렵고 떨리는 일, 심각한 트라우마이자 커다란 장벽 같은 느낌이었을 것이다. 하지만 조지 6세가 자신을 있는 그대로 드러내는 수단으로서 말하기를 다시 깨닫게 되자, 그는 더듬더라도 잘 말할 수 있게 되었다. 자신만의 말하기를 발견한 것이다. 글쓰기도 마찬가지다.

보다 더 나다워지는 것, 나답게 말하고, 나답게 글 쓰는 것, 나는 이런 것들이 진짜로 삶을 바꾸는 원동력이라고 믿는다. 그리고 삶이 나답게 바뀔 때, 글도 나답게 바뀐다. 좋은 글이란 다름 아닌 나다운 글이다.

내 삶이 곧 내용이 되는, 나다운 글쓰기

나만의 글쓰기를 찾아야 한다. 수학 공식 같은 글쓰기 비법만 가지고서는 절대로 좋은 글을 쓸 수 없다. 글쓰기는 수학 문제를 풀듯 공식을 적용해서 정해진 답을 찾는 작업이 아니기 때문이다. 두 사람이 똑같은 주제로 글을 쓴다고 해서, 토씨 하나 다르지 않은 똑같은 글을 쓸 수는 없다. 쓴다면 그것은 명백한 표절일 경우다. 오히려 똑같은 주제라 해도, 뚜렷한 자기만의 주장과 의견을 적절하게 제시하는 사람이 글을 더 잘 썼다고 평가받는다. 이것이 바로 글쓰기가 아니겠는가.

그렇다면 우리는 어떻게 하면 내 삶과 생각을, 나의 개성, 즉 나다움을 잘 담아내는 글로 연결할 수 있을지 고민해야 한다. 세상에는 수많은 글이 있지만, 내가 쓴 글은 아직 없기 때문이다. 그렇다면 나는 나다운 글을 쓰면 된다. 좋은 글이란 바로 나다운 글이다.

미처 나다움을 찾지 못한 사람이라면, 글쓰기를 통해서 나다움을 발견할 수도 있다. 글쓰기는 그 자체가, 하나의 훌륭한 자기 발견 과정이기 때문이다. 적어도 나는 글쓰기를 통해서 내가 누구인지 깨달았고, 무엇을 말해야 하는지 알았으며, 어떻게 말하면 되는지를 배웠다. 이 정도면 충분하지 않을까?

누구나 흥겹게 노래를 흥얼거리듯, 누구나 쉽게 글을 쓰는 세상이 오면 좋겠다. 거창하고 전문적인 글이 아니더라도, 누구든지, 진실해서 더 소중한 자신만의 글을 가질 수 있다면 참 좋겠다. '글쓰기 비행학교'라는 제목처럼, 누구나 글쓰기를 통해 자신의 삶을 날아오르기를 기대한다.

언제나 작가 김무영을 믿어주고 응원해주시는 김태영 대표님, 내가 그냥 김무영이었을 때부터 나와 글쓰기를 함께 해오고 있는 '용감한 작가들', 글쓰기에 대한 생각의 물꼬를 트게 도와주신 최효석 대표님, 최진주 작가님, 이 책의 밑거름이 되어주신 '삶글 모임' 친구분들께 먼저 감사드린다. 자세한 감사의 내용들은 맨 뒤의 '감사의 말'에 따로 담을 것이다. 감사할 사람과 감사할 일이 많다는 건 정말로 행복한 일이다.

무엇보다 이 책을 통해, 글쓰기의 본질을 탐하는 이들이 더욱 늘어가기를 간절히 소망한다.

글을 쓰는 모든 순간마다 나답고 진실하기를.

2014. 6. 김무영

프롤로그.

시동 걸기 • *Start*

글쓰기를. 시작하기. 전에.

엔진 • *Engine*

글쓰기의. 힘.

날개 • *Wings*

글쓰기의. 기술.

항법장치 • ***Navigation***

수정과. 퇴고.

비행 • ***Flight***

나만의. 글쓰기를. 만끽하려면.

부록.

감사의 말 .

Star

글쓰기를 시작하기 전에

시동 걸기

글 쓰는 것 말고는 어떤 일도
자기한테 어울리지 않는다는
사실을 받아들이면,
평생 동안 멀고도 험한 길을
걸어갈 각오를 해야 한다.

- 폴 오스터, 《빵굽는 타자기》 중에서

미지의 모험,
글쓰기

글쓰기란 무엇일까? 단어와 문장의 조합일까? 한 편의 글이 완성될 때까지 과연 글 쓰는 사람에게는 어떤 일들이 일어날까? 영국의 작가이자 예술사가藝術史家인 아니타 브루크너Anita Brookner, 1938- 는 말하기를, '글쓰기를 시작할 때까지는 그것을 통해 무엇을 터득하게 될지 알 수 없다. 당신은 글쓰기를 통해 그런 것이 있는 줄도 알지 못했던 진실들을 알아차리게 된다'고 했다.[1] 말하자면 글쓰기란 미지未知의 모험인 셈이다.

사람들은 완성된 글 자체에만 관심을 가지기 일쑤다. 하지만 작가들은 어떤 과정을 거쳐서 글이 완성되었는지, 글쓰기

1 송숙희,《당신의 책을 가져라》, 국일미디어, 2007.에서 재인용.

과정에 대해서 더욱 관심을 가진다. 한 편의 글이 그냥 나오지 않음을 몸소 체험으로 알고 있기 때문이다. 처음 글을 쓰게 된 계기가 무엇이었는지, 취재나 자료 조사 등 글쓰기를 준비하는 시간은 어땠는지, 쓰면서 어려웠던 점이나 새롭게 알게 된 사실은 없었는지, 글을 쓰고 나서 달라진 점은 무엇인지 등 글쓰기 과정에서 일어나는 수많은 일들에 대해서도 알고 싶어 한다.

한 편의 공연을 무대 위에 올리기 위해, 관객들은 보지 못하는 여러 가지 무대 뒤의 풍경이 있는 것처럼, 글쓰기에도 완성된 한 편의 글을 쓰기 위한 수많은 보이지 않는 과정들이 존재한다.

무심코 쓴 글이 인생을 바꾼다

작가에게 글쓰기란 곧 하나의 모험과도 같다. 책 한 권을 완성한 작가라면 금세라도 자신의 흥미진진했던 모험담을 주변에 이야기하고 싶어 한다. 그는 이제 막 모험을 마치고 돌아온 주인공이다. 더 이상 이전에 내가 알던 그가 아니다. 그는 이제 새로워졌다. 글쓰기는 작가를 변화시키기 때문이다.

《연금술사》의 파울로 코엘료나 《해리 포터》 시리즈의 조앤 롤링은 가장 유명하고 드라마틱한 변화의 사례라고 할 수 있다. 브라질의 작가 코엘료는 열일곱 살이 될 때까지 무려 세 번씩이나 정신병원에 강제로 입원을 당했다고 한다. 청년 시절에는 록밴드 활동에 심취했었는데, 함께 활동하던 친구들과 함께 군부독재를 비판하는 만화 잡지를 만들었다가 두 번이나 수감되고 고문당하기까지 했다고 한다. 이후 음반회사의 중역으로 평범한 삶을 살아가던 그가, 삶의 의미를 찾아서 산티아고 데 콤포스텔라로 순례를 떠난 것이 1986년의 일이다. 마흔을 넘긴 코엘료의 첫 번째 소설, 《순례자》는 그렇게 탄생했다. 그리고 바로 그 책이 코엘료의 인생을 완전히 뒤바꿔 버렸다.

조앤 K. 롤링[2]의 이야기도 매우 드라마틱하다. 그녀는 원래 평범한 중산층 가정에서 자랐다. 대학에서 불문학을 전공한 롤링은 국제사면위원회에서 비정규직으로 일했는데, 1990년

---

2 조앤 롤링의 본명에는 미들 네임이 없다. 하지만 그녀는 조앤 캐슬린 롤링을 필명으로 사용했는데, 여기서는 작가로서의 그녀를 말하고 싶어서 본명 대신 필명을 부른 것이다.

에 해고를 당하고 말았다. 설상가상으로 그녀의 어머니마저 그 무렵 병으로 세상을 떠났다. 실의에 빠진 그녀는 포르투갈로 건너가 영어 교사가 되었다. 포르투갈에 살면서 포르투갈 남자를 만나 결혼도 하고 아이도 낳았지만, 불과 3년 만에 이혼하고 생후 4개월 된 딸과 함께 다시 영국으로 돌아왔다. 에든버러에 정착한 롤링은 이제 싱글 맘으로 힘들게 살아야 했다. 일주일에 1만 5,000원 정도밖에 안 되는 생활보조금으로 연명한 그녀는, 자살 충동과 우울증을 앓아가며 동화를 썼다. 그렇게 탄생한 책이《해리 포터와 마법사의 돌》이다. '아이들이 읽기에는 너무 길다'는 이유로 출판사들로부터 12번이나 퇴짜를 받은 끝에, 13번째 출판사인 블룸즈베리에서 겨우 초판 1쇄 500부를 찍었다. 그리고 그 책은 조앤 롤링의 삶을 어마어마하게 변화시켜버렸다.

작가들의 이런 이야기들은 흡사 신데렐라를 떠올릴 만큼 놀랍고 드라마틱하다. 하지만 실제로 일어난 일들이다. 지금도 수많은 사람들이 무심코 쓴 한 편의 글 때문에 인생이 달라진다. 전 세계에서 3억 5천만 권의 책이 팔린, 세계적인 공포소설가 스티븐 킹은 원래 고등학교 선생님이었다.《1984》,《동물농장》의 작가 조지 오웰은 미얀마에서 근무하던 제국경

찰이었고, 노벨 문학상을 수상한 〈황무지〉의 시인, T. S. 엘리엇은 한때 은행원으로 일했었다. 저마다 각자의 삶이 있었지만, 그들은 글쓰기를 통해서 인생을 다시 살게 되었다. 사회적인 성공이나 명예를 얻었다는 이야기를 하자는 게 아니다. 그런 것보다 더 중요한 건 글쓰기 때문에 삶의 방식이, 삶의 의미가 달라졌다는 데 있다.

외국의 작가들 말고 우리에게 좀 더 가까운 예를 찾는다면, 최근 《대통령의 글쓰기》라는 책을 펴낸 전직 대통령 연설비서관 출신인 강원국 작가가 있다. 강원국은 원래 대우증권 홍보실 직원이었다. 어느 날, 상사가 그에게 물었단다.

"강원국 씨, 글 좀 쓰나요?"

그를 연설문 전문가로 바꾼 건 그때 쓰게 된 〈대우증권 20년사〉라는 한 편의 글 때문이었다. 그것도 그가 원해서 쓴 글이 아니라, 어떻게 하다 보니 떠맡게 된 것이었다고 한다. 하지만 그 글 덕분에, 전경련 회장이 된 김우중 회장을 따라 회장 비서실에서 연설문을 작성하게 되었고, 또다시 김대중 정부 때 청와대 연설비서관으로 일하게 되었다. 강원국은 지금도 대우증권 홍보실에서 있었던 상사의 물음이 자신의 인생을 바꾼 계기였다고 말한다.

나 역시 마찬가지다. 나이 서른이 넘도록 이루지 못했던 작가의 꿈을 실현시킨 건, 다름 아닌 한 편의 단편소설 덕분이었다. 그것도 당선되지 못한 신춘문예 응모작이었다. 나는 이 소설 덕분에 어느 출판사에서 대필 일을 맡게 되었다. 만약 대필을 하지 않았다면 나는 아직도 작가가 되지 못했을 것이다. 남의 글을 대신 써주면서 나는 비로소 내 글을 쓸 수 있게 되었다.

비단 전업 작가들의 이야기뿐만은 아니다. 아주 멀게는 〈토황소격문討黃巢檄文〉으로 문장가로 이름을 떨치게 된 최치원부터, 무오사화의 빌미를 제공한 김종직의 〈조의제문弔義帝文〉, 또 아주 가깝게는 2008년 전기통신법 위반으로 징역까지 갔다가 헌법소원으로 무죄를 받은 일명 미네르바 사건이나, 최근에 화제가 된 〈안녕하십니까〉 대자보까지, 무심코 쓴 한 편의 글 때문에 송두리째 인생이 달라지는 일은 예나 지금이나 비일비재하다.

글쓰기란 무엇일까? 도대체 글쓰기가 무엇이기에 사람의 삶을 이렇게 들었다 놨다 하는 걸까? 처음 글을 쓸 때, 자신의 글이 몰고 올 사건과 변화를 미리 알았던 사람은 아무도 없을 것이다. 사람들은 누구나 지금 자신의 글을 쓸 수 있을 따름이다. 아무것도 예상하지 못한 채 그저 한 편의 글을 써 내려갈 뿐, 글이 자신의 삶을 어떻게 바꿀지 미리 알 수는 없다. 하지만 분명한 건 크든 작든 한 편의 글을 쓴 다음에는 반드시 어떤 변화가 일어난다는 사실이다. 이러니 어찌 글쓰기를 미지의 모험이라 하지 않을 수 있을까. 하지만 사람들은 아직 글쓰기가 모험이라는 사실을 잘 모르고 있는 것 같다.

글을 잘 쓰고 싶다

최근에 이런저런 자리에 가보면, 글을 잘 쓰고 싶다는 분들을 많이 만나게 된다. '어떻게 하면 글을 잘 쓸 수 있을까?' 모두들 이게 고민이다. 글쓰기에 대한 욕구나 필요가 이렇게 대중적인 시대가 또 있었을까? 최근에 불고 있는 글쓰기 열풍에는 분명히 시대적인 흐름의 영향이 존재한다.

함부로 자신의 의견을 말할 수 없었던 시대에는, 아예 글쓰기에 관심을 두지 않는 편이 현명한 처세였다. 하지만 시대가 달라졌다. 무엇이든 개인의 의견을 물어보고 서로 소통해서 결정하는 시대가 되었다. 자기 PR의 시대를 넘어서, 모두가 글을 쓰지 않고는 하루도 그냥 넘어가는 날이 없을 정도로 자신의 의사를 뚜렷하게 밝혀야 하는 시절이 온 것이다. 댓글을 다는 것조차 센스가 필요한 세상이다. 블로그 방문자 수는 하나의 권력과도 같은 큰 영향력을 가진다. 이제는 페이스북 좋아요 숫자가 마케팅의 성패를 좌우하기도 한다. 연인 간의 고백도, 이별 통보도 문자와 인스턴트 메시지를 이용하는 세대도 나타났다. 이제 글쓰기는 일상생활에서 빼놓을 수 없는 필수품이 되어버렸다.

글쓰기를 강요하는 시대, 누구도 쓰지 않으면 안 되는 시대를 모두 다 환영하는 것은 아니다. 어쩌면 글쓰기 때문에 스트레스 받고, 글쓰기가 너무 괴로운 사람도 전보다 훨씬 많아졌다.

분명한 사실은 글쓰기를 좋아하는 사람이나, 글쓰기가 괴로운 사람 모두 글을 쓰지 않으면 안 되는 세상이 오고야 말았다는 점이다. 세상에 이런 시절이 언제 또 있었을까?

새로운 글쓰기의 시대

아주 오래전, 그러니까 문자가 처음 발명되었을 무렵에는, 글쓰기란 엄청난 특권이었다. 글자를 아는 사람 자체가 적었고, 글을 배울 수 있는 기회도 극히 제한되어 있었다. 인류 최초의 문자는 흔히 메소포타미아 문명의 수메르인들이 사용했던 설형문자쐐기문자로 알려져 있다. 기원전 약 3100년경에 쓴 것으로 추정되는 수메르인들의 점토판에는 수천 년 전 고대 중동 지역에 살았던 이들의 삶의 모습이 생생하게 담겨 있다. 이것들은 모두 필경사들이 쓴 것으로 추정된다. 필경사란 다른 말로 서기관이라고도 부르는데, 당시 총독이나 고위급 행정 지도자, 군대 지휘관, 고위직 세금 관리, 신전 관리자 등 고위직 부유층 자제들만이 필경사 교육을 받을 수 있었다고 전해진다.[3] 때문에 글쓰기가 가능하다는 건 그가 곧 고위직 부유층이라는 사실을 의미했다.

이렇듯 인류 역사에서 글쓰기는 아주 오랫동안 권력층의 도구로 사용되었다. 아무나 글을 배울 수도 없었고, 마음대로

3 김산해, 《수메르, 최초의 사랑을 외치다》, 휴머니스트, 2007.
이기환, 〈인류 최초의 촌지, 체벌, 대학, 유학…〉 경향신문, 2012. 10. 10.

글을 쓰기란 더더욱 어려운 일이었다. 기록은 특별한 행위였고, 기록을 담당하는 사람들은 엄격한 절차를 거쳐서 선발되었다. 이는 동서양을 막론하고 마찬가지였다.

우리나라의 경우, 조선 시대까지만 하더라도 글쓰기가 곧 출세의 도구이기도 했다. 양반이라고 해서 무조건 출세할 수 있었던 것이 아니라, 글을 잘 쓰는 양반이라야 출세가 빨랐다. 글이라는 것 자체가 이미 특별한 사회적 의미를 지니고 있었기 때문이다. 그래서 서예書藝, 그러니까 쓰는 기술 또한 철저하게 양반들의 영역에 속했다.

훌륭한 서예가는 훌륭한 문장가 못지않은 명망을 얻었다. 훌륭한 문장가이면서 동시에 훌륭한 서예가였던 한호, 김정희 등은 특히 유명하다. 혹여나 이런 분들이 오늘날 컴퓨터 앞에 쭈그리고 앉아 글자를 마구 쳐 넣는 모습을 본다면 어떻게 반응하실지, 나는 몹시도 궁금하다. 그런데 이제 모든 것이 달라졌다.

일찍이 이런 시절은 없었던 것이다. 우리는 지금 새로운 글쓰기의 시대를 산다. 문맹률 제로, 마음만 먹으면 언제든지 순식간에 불특정 다수와 글을 공유할 수 있는 시대는, 우리 역사에도, 세계 역사에서도 없었던 일이다.

공적 기록의 수단이었던 글쓰기가 이제는 순전히 사적인 행위가 되었다. 그런데 더 특이한 것은, 개인적인 글을 개인적인 공간에만 담아두지 않고, SNS나 인터넷을 통해 자연스럽게 공유하는 시대가 되었다는 사실이다. 글쓰기 도구와 매체가 변화함에 따라 예전에는 불가능했던 일들이 가능하게 되었다.

트위터와 페이스북, 블로그와 홈페이지 같은 곳에서는 더 이상 개인의 공과 사를 구분하기가 어려울 지경이다. 그뿐만이 아니다. 인터넷에 올라가는 글들에는 거의 대부분 이미지가 따라붙는다. 어쩌면 글은 이제 이미지를 보충 설명하는 도구로 역할이 바뀌는 건지도 모르겠다.

의사표현 도구가 다양화됨으로써, 이제 사람들은 보다 빠르고 다양한 방법으로 자신의 개인적인 글을 보다 많은 사람들에게 한 번에 전파할 수 있게 되었다.

그렇다면 오늘날 새롭게 달라진 글쓰기의 의미는 무엇일까? 우리는 과연 어떠한 글쓰기의 시대에 살고 있는 것일까?

시대가 변해도
변치 않는
글쓰기의 의미

반대로 이렇게 물어볼 수도 있다. 시대가 변함에 따라 글쓰기의 의미와 방식이 달라졌다고 하지만, 여전히 변함없는 글쓰기의 의미는 무엇일까? 또 앞으로 과학 기술이 발전함에 따라 음성 인식 기술이나 입체 영상 등을 이용해서 글쓰기를 하게 될지도 모르는데, 이런 미래에도 변치 않을 글쓰기의 의미는 무엇일까? 그리고 우리는 어떻게 해야 계속해서 좋은 글을 쓸 수 있을까? 라고.

시대가 변해도 달라지지 않는 글쓰기의 의미란 이것이다. 글쓰기는 언제나 읽기를 유발한다. 세상에 아무도 읽지 않는 글이란 없다. 이미 쓴 글은 반드시 한 번은 읽힌 글이다. 작가는 언제나 자신의 글의 첫 번째 독자가 된다. 다른 말로 표현하면, 우리가 글을 쓰는 이유는 결국 누군가에게 읽어달라고 요청하는 읽기의 요청이다. 나 자신이 읽든, 아니면 불특정 다수가 읽든, 결국은 읽기 위해서 쓰는 것이다.

물론 읽기를 다 똑같은 것으로 일반화할 수는 없다. 똑같은 읽기라도 여러 가지 다양한 의미를 갖는다. 하지만 내용과 형식에 상관없이, 모든 글은 읽힌다는 점에서는 차이가 없다.

다시 말하면 글쓰기는 반드시 읽기를 수반한다. 그리고 읽기는 곧장 또 다른 쓰기를 일으킨다. 읽기와 쓰기가 순환하는 것이다. 그러므로 우리는 이렇게 말할 수 있다. 글쓰기는 상호작용한다. 상호작용은 다른 말로 의사소통이다. 아무리 시대가 달라진다고 해도, 글쓰기가 상호작용 도구라는 점은 변함이 없다. 그렇다면 글쓰기는 작가만의 문제가 아니다. 글쓰기는 작가와 독자, 상호 간의 시각에서 접근해야 한다.

글쓰기가 미지의 모험인 것은 언제나 내가 어찌할 수 없는, 내 바깥의 세상으로 나를 데려가는 까닭이다. 그리고 내가 알지 못했던 사람들과 내가 상상할 수도 없었던 일들이 일어난다. 마치 무슨 일이 일어날지 전혀 알지 못하는 흥미진진한 모험처럼.

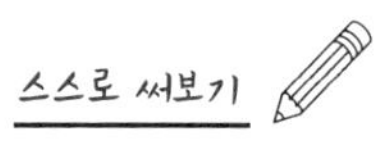

당신이 생각하는 글쓰기의 의미는 무엇인가? 한두 문장으로 글쓰기에 대한 당신만의 정의를 내려보자.

예시 글쓰기란 나와 상대방 사이에서 일어나는 상호작용이다.

글쓰기란 나다움을 드러내는 표현 수단이다.

쓰지 않는 시간에도 글쓰기

자리에 앉는다. 워드 프로그램을 실행시킨다. 커서가 깜박인다. 그러나 계속 깜박일 뿐이다. 긴 한숨을 내쉰다. 휴우. 도대체 뭘 써야 되지? 쉽게 볼 수 있는 흔한 글쓰기 풍경이다.

많은 사람들이 글쓰기의 시작출발점을 오해한다. 백지를 눈앞에 놓고 나서야 무엇을 어떻게 써야 할지 고민을 시작한다. 출발부터 잘못되었다.

글쓰기를, 글자를 적기 시작하는 순간에 시작하면 안 된다. 그때는 이미 늦다. 적어도 무엇을 쓸 것인지에 대해서만큼은 글자를 적기 훨씬 전부터 미리 차곡차곡 정리해놓아야 한다. 영감靈感, inspiration에 휩싸인 신들린 글쓰기 같은 건 보편적인 글쓰기 범주 안에 넣을 수 없는 아주 예외적인 일이다. 그것은 어쩌면 그저 접신接神에 더 가까운 무속 행위인지도 모른다.

글쓰기에 관한 가장 흔한 오해는, 글자를 써넣는 순간부터가 글쓰기의 시작이라고 여기는 것이다. 그래서 다들 무엇을 쓰려고 하면 일단 노트부터 펼치고 보는 것이다. 글을 잘 쓴다는 걸, 마치 자리에 앉자마자 술술 써 내려가는 것으로 오해한다. 세상에 그런 사람은 없다. 즉흥적으로 언제 어디서든 글을 쓴다는 건 있을 수 없는 일이다. 간혹 그런 사람을 본다면 이렇게 생각하면 된다. '저 사람은 언제 어디서든 쓸 것을 미리 잘 준비한 사람이구나' 하고.

한번 곰곰이 생각해보자. 결혼을 하려면 결혼할 만한 사람을 만나야 하고, 사업을 하려면 고객 혹은 파트너가 될 만한 사람을 만나야 한다. 각각의 만남은 각각의 이유가 있다. 만나는 목적에 맞게 미리 준비해야 할 것들이 많다. 글쓰기라고 다르지 않다.

많은 사람들이 글을 쓰면서 너무 쉽게 시작하려고만 한다. 일단 쓰다 보면 어떻게 되겠지 하는 식이다. 마치 결혼을 하려고 하는데, 일단 아무나 붙잡고 결혼하면 어떻게 잘 살겠지 하는 식이다.

정반대의 경우도 많다. 한 번 소개팅에 나가는 것뿐인데 마치 혼수까지 다 장만하고 결혼 날짜 잡는 사람처럼 호들갑을 떨고 부담스러워한다. 글쓰기를 지나치게 어려워하거나 글쓰기 자체를 너무 부담스럽게 생각하는 사람들이다. 너무 가벼워도 곤란하고, 너무 지나쳐도 곤란하다.

좋은 글은 써야 하는 분명한 이유와 그에 따른 적절한 준비에서 나온다. 막연히 좋은 글은 없다. 이 세상에 그냥 좋은 글 같은 건 없다. 그런 건 없다. 대신 좋은 소설, 좋은 시詩, 좋은 수필, 좋은 에세이, 좋은 칼럼, 좋은 논문, 좋은 보고서, 좋은 블로그 포스팅글, 좋은 트위터, 좋은 문자 메시지, 좋은 편지, 좋은 일기가 있을 뿐이다. 써야 하는 이유에 따라 적절한 양식에 맞춰서 쓴 글이 좋은 글이다. 좋은 보고서를 내라는데 좋은 소설을 낼 수 없고, 좋은 일기를 쓰는데 꼭 좋은 논문일 필요는 없다. 저마다 써야 하는 좋은 글은 다 다르다. 그런데도 사람들은 이 사실은 잊어버린 채, 그냥 좋은 글을 쓰려고 한다. 그러니 헤맬 수밖에….

쓰기 전에 먼저 준비할 것

노트를 펼치기 전에, 그러니까 백지에 커서가 깜박거리기 전에 미리 글쓰기를 준비해야 한다. 글자를 적는 것만 글쓰기가 아니라, 글쓰기를 고민하고 준비하는 시간이 필요하다. 이것 또한 중요한 글쓰기 시간이다. 글자를 적지는 않지만 글쓰기를 하는 시간이 반드시 있어야 한다.

정리해보자면 글을 쓰기 전에 다음과 같은 점들은 미리 준비하기를 권한다.

첫째, 모든 글에는 반드시 이유와 목적이 있어야 한다. 그리고 글을 쓰는 이유와 목적에 따라 글의 형식과 분량을 정한다. 내가 지금 시간이 없는데 급히 전달해야 할 내용이 생겼다면, 메모지를 들고 한 줄 정도로 빨리 적어야 할 것이다. 그런데 그 대상이 직장 상사나 집안 어른이라면 반말 투가 아니라 존댓말로 적어야 한다. 혹 영어권 외국인이라면 영어로, 중국인이라면 중국어로 적어야 할 것이다. 만약 영어나 중국어를 모른다면? 그 사람의 이름을 적고, 그림을 그려야 할지도 모르겠다.

이유 없는 글쓰기란 없다. 그리고 글을 쓰는 이유는 대부분 글을 읽게 될 독자와 연관이 있다. 글쓰기의 이유와 목적을 알려면, 내가 이 글을 누구에게 왜 쓰려고 하는지 스스로에게 한번 물어보면 된다. 하지만 요즘은 아무 이유 없이 쓰는 글들이 성행한다. 인터넷 때문이다.

인터넷에서는 이유도 목적도 없이 그저 툭툭 내뱉는 글이 유행한다. 트위터라는 말도 실은 트윗, 트윗, 그러니까 새가 짹짹 지저귄다는 영어 의성어에서 나온 말이다. 페이스북은 친구들과 마주 보고 즐기는 일종의 인터넷 수다라고 할 수 있다. 물론 특별한 이유 없이도 떠들 수 있다. 하지만 엄밀히 말해서 그런 건 글이 아니다. 말 그대로 일상적인 수다나 대화를 인터넷을 통해서 하고 있을 뿐이다.

우리는 인터넷 글쓰기를 다시 규정해야 한다. 블로그나 게시판 글은 그나마 조금 낫다. 하지만 사람들에게는 트위터나 블로그나 다 똑같은 글쓰기로 다가오는 모양이다. 그러나 구분할 줄 알아야 한다. 인터넷에는 말하기와 글쓰기가 마구 뒤섞여 있기 때문이다. 글쓰기라면 적어도 이유와 목적이 있어야 한다. 차라리 쓸 이유가 없다면 쓰지 않는 편이 더 좋은 글쓰기라고 말할 수 있다. 침묵도 하나의 언어인 것처럼, 쓰지 않는 것 또한 쓰기의 일부이기 때문이다.

둘째, 모든 글은 쓸 만한 작가가 써야 한다. 무슨 말이냐면, 쓰고자 하는 글에 걸맞는 작가가 될 만큼 글쓰기에 필요한 공부와 준비가 있어야 한다는 뜻이다. 자동차 전문가가 정치에 대해 쓰거나, 경제 전문가가 심리학에 대해 깊이 있게 쓸 수는 없다. 만약 쓴다면 자신의 입장에서 말할 수 있는 부분만 쓸 수 있을 것이다. 자동차 전문가지만 정치가로 잘 준비했다든지, 경제 전문가이면서도 심리학을 깊이 공부했다면 전문적인 내용을 쓸 수도 있을 것이다. 혹은 자동차 전문가의 입장에서 바라본 정치에 대한 소감이나, 경제 전문가의 입장에서 생각해보는 심리학적인 내용도 있을 수 있다. 그러나 무엇이든지 자신이 알고 있고, 준비한 만큼만 쓰는 것이다. 글쓰기는 그런 면에서 대단히 적나라하게 작가를 드러낸다. 당연히 작가에게는 쓰려는 내용에 걸맞는, 적절한 준비가 필요하다.

글쓰기를 하면서 범하는 가장 큰 실수 중 하나는, 자신이 쓰려는 글에 대한 아무런 준비도 없이 무작정 쓰기부터 시작한다는 점이다. 그럴 경우 작가가 쓸 수 있는 내용이란 하나밖에 없다.

'나는 잘 모른다'다.

추리소설을 쓰려면 사건에 대한 이해와 적절한 추리가, 연애 에세이를 쓰려면 애절하고도 달달한 연애에 대한 경험과 지식이 필요하다.

제목과 주제를 정해놓고도 실컷 다른 소리만 늘어놓다가 끝나는 글들이 많다. 실은 잘 모른다는 뜻이다. 하지만 처음부터 잘 아는 사람은 없다. 작가들도 무엇이든 모르는 것은 공부해가면서 쓴다. 설령 자신이 이미 잘 알고 있는 분야라도 최근의 동향은 어떠한지, 혹시 내가 아는 것이 지금도 맞는지 확인해가면서 쓴다.

그래서 글쓰기는 때때로 탁월한 자기계발 도구가 된다. 글을 쓰기 위해서는 먼저 나부터 알아야 할 것들이 많기 때문이다. 그래서 누구든지 준비만 잘하면 세상에 못 쓸 글도 없다. 중요한 건 미리 자신이 쓸 내용에 대해 얼마나 잘 준비하는가 하는 일이다. 같은 주제에 대해 다른 사람이 먼저 써놓은 글들을 읽는 건 기본이다.

글 쓸 준비를 잘하기 위해서는 당연히 글쓰기의 이유와 목적을 잘 알아야 한다. 나는 이 글을 쓸 만한 충분한 준비가 되었나? 내가 아는 건 무엇이고, 모르는 건 무엇일까? 꼼꼼하게 따져보아야 한다. 아직 쓰고자 하는 글에 어울리는 준비가 안 됐다면 우선은 부족한 부분부터 채우고 볼 일이다.

"그럼 언제까지 준비해야 할까요?" 많은 분들이 자기는 아직 준비가 안 되었다며 이렇게 물으신다. 어떤 분은 너무 오랫동안 준비만 하다가 아직도 글을 못 쓰고 있다며 하소연을 하시기도 한다. 무조건 많이 준비한다고 해서 반드시 좋은 글을 쓸 수 있는 건 아니다. 써야 할 이유와 목적에 맞는 만큼만 준비하면 된다. 초등학생에게는 초등학생의 수준이, 중학생에게는 중학생의 수준이 있는 법이다. 앞에서 글쓰기의 이유와 목적은 대체로 독자와 상관이 있다고 말했다. 글을 읽게 될 독자에 맞춰서 내용을 준비하면 된다. 글 쓰는 이 스스로에게는 많이 부족해 보여도 독자들에게 충분하다면 괜찮다.

셋째, 굳이 내가 써야 하는 이유가 무엇인지 찾아보자. 이것은 관점과 독창성의 문제다. 모두가 앵무새처럼 똑같은 글만 남발한다면 모두가 서로를 표절한 것에 지나지 않는다. 글쓰기에서는 평범한 게 해가 되는 수가 많다. 다들 쓰는 글이라고 해서, 나도 다른 사람과 똑같이 써야 하는 것은 아니다. 내 글은 내가 썼기 때문에 내 글이다. 내 글에는 내 목소리가 담겨야 한다. 다른 사람이 써놓은 글이 있는데 굳이 내가 또 써야 하는 건, 그 사람과는 다른 내 이야기를 하자는 뜻이다. 그러려면 무엇보다 나만의 개성이 있어야 한다. 이 책은 특히 이 부분을 집중해서 다룰 것이다. 나다운 글쓰기란 무엇일까? 글쓰기에서 빠뜨릴 수 없는 중요한 지점이다.

기본적으로 위의 세 가지는 글을 쓰기 전에 미리 준비해두면 좋겠다. 이런 이유들 때문에 좋은 글을 쓰는 데는 대체로 시간이 많이 걸린다. 글을 쓰는 이유와 목적을 정하는 것만 해도 쉬운 일이 아니다. 자기 자신과 독자, 상황과 맥락을 깊이 들여다보아야 한다. 설령 잘 준비해서 썼다고 해도 과연 글이 자신의 목적을 달성하리라는 보장이 없는데, 대충 쓴 글은 오죽할까.

나의 전작《인문학은 행복한 놀이다》를 예로 들어보겠다. 이 책은 '인문학을 하는 것은 공부만이 전부가 아니다'라는 씨앗문장에서 시작되었다. 책을 쓴 이유와 목적이 고스란히 책의 제목에 반영되었다. 예상 독자들은 인문학을 어려운 공부라고 오해하는 사람들, 그래서 인문학 책을 읽어본 적이 거의 없는 사람들로 했다. 그래서 나는 무엇보다 내용을 쉽게 쓰는 데 집중해야 했다.

나 자신이 인문학자는 아니지만, 남들보다 많은 독서와 공부를 했다고 자부했었다. 그런데 이 책을 쓸 준비는 조금 부족했다. 막상 독자들의 관점에서 인문학을 이야기하려니, 쉬운 텍스트를 고르기가 어려웠던 것이다. 그래서 독자들의 눈높이에 맞는 친근한 인문학 텍스트들을 찾아서 다시 공부했다. 누구나 일상생활에서 접할 수 있는 재미있는 텍스트들이 필요했다.

이렇게 이유와 목적을 정하고, 예상 독자들에게 맞는 준비를 해나가면서, 마지막으로 내 색깔을 입히는 작업을 해야 했다. '놀이', 놀이의 관점에서 인문학을 이야기해보면 어떨까. 나는 마치 놀이처럼 독서를 즐기던 내 어린 시절을 떠올렸다. 하지만 경험만으로는 부족했다. 나는 자료를 뒤지기 시작했다. 초반에는 주로 놀이치료에 관한 자료들을 집중적으로 뒤져보았다. 놀이의 특징을 살펴보다가 거기에서 인문학놀이 3원칙을 생각해낼 수 있었다.

'인문학놀이'라는 말도 사실 아무도 쓰지 않은 새로운 개념이었다. 나는 이것도 자료 조사를 하던 중에 발견해냈다. 인문학의 영어 단어인 Humanities에서였다. 영어 표현에는 이것 외에도 Liberal Arts라는 표현이, 우리말의 인문학으로 번역되고 있었다. 그런데 때마침 스티브 잡스가 아이패드 2 발표 현장에서 Humanities와 Liberal Arts를 혼용했다는 기사[4]를 접했다. 나는 내가 말하려는 인문학이 둘 중 어디에 해당하는 건지 확인해보고 싶었다.

계속 찾아보니 Humanities란 본래 인문학이 가리키는 바, 인간과 삶에 대한 총체적인 탐구 작업을 뜻하는 것이고, Liberal Arts란 일반적인 교양 지식, 즉 사람들의 사고력思考力과 지적知的 체계를 발달시키기 위한 교양을 의미했다. 그래서 나는 비록 엄격하게 지켜지지는 않았지만 내 책의 본문 중에서 Humanities는 인문학으로, Liberal Arts는 인문학놀이로 구분하려고 애썼다. 결론적으로 말하자면, '인문학놀이'라는 신조어를 만들 수 있었던 것도 순전히 자료 조사를 했던 덕분이었다.

이렇게 차근차근 준비를 하다 보니 어느새 나는 대중인문학 작가가 되어 있었다. 처음부터 그랬던 것은 아니다. 책을 쓰려고 하다 보니 나도 모르는 사이에 내가 그렇게 준비되어 있었다. 그래서 나는 그 책의 에필로그에서 이렇게 말했다. 작가가 책을 쓰는 게 아니라, 책이 작가를 만든다.

---

4 Jonah Lehrer, STEVE JOBS: "TECHNOLOGY ALONE IS NOT ENOUGH" 〈The New Yorker〉, 2011. 10. 07. 보도.

잘 준비된 글은 치밀하고 탄탄하다. 글의 처음부터 끝까지, 글의 모든 문장은 작가가 의도한 바를 이루기 위해서 배치되고 움직인다. 그리고 그렇게 쓰기 위해서 작가는 누구보다 심도 있게 고민하고 공부하면서 자신만의 목소리를 찾아내려 애쓴다.

글쓰기를 위한 가장 확실한 준비, 독서

글쓰기를 위한 가장 확실한 준비는 아무래도 읽기, 즉 독서다. 책은 잘 정리되어 나온 타인의 글쓰기 결과물이다. 물론 독서보다도 사색과 토론이 더욱 생생하다고 할 수도 있다. 하지만 다른 사람의 정리된 글을 읽음으로써, 나는 나의 입장에서 내 글쓰기를 좀 더 수월하게 모색해볼 수 있다.

앞서 잠시 언급했던 《대통령의 글쓰기》에서도, 두 전직 대통령들의 쓰지 않는 시간의 글쓰기에 대한 내용에 있어서 대단히 흥미로웠다.

> 노 대통령 역시 글쓰기를 위해선 세 가지가 필요하다 했다. 독서, 사색, 토론이다. 대통령은 바쁜 청와대 생활에서도 반드시 짬을 내서 책을 읽었다. 청와대 참모는 물론 학자, 관료, 시민단체 사람들과 밤늦게까지 토론했다. 이 모두가 글쓰기와 무관하지 않다. 글에 대한 애착이 남달랐다. 사는 이유 중의 하나가 글을 쓰기 위해서였는지도 모른다. (중략)
> 대통령들에게 독서는 글쓰기의 원천이었다. 두 대통령 모두 밑줄을 긋고 메모해가며 책을 읽었다. 주로 글쓰기와 정책 수립에 참고가 되는 부분에 밑줄이 그어졌다.[5]

대체로 사람들은 무엇인가를 쓰기 위해서 책을 읽지는 않는 것 같다. 그저 읽는다는 행위 자체에 방점을 찍고, 책을 읽는 데만 충실한 경우가 훨씬 더 많아 보인다. 하지만 나는 전업 작가를 목표로 하면서, 의식적으로 글쓰기를 위한 독서에 충실하려고 애썼다. 좋은 문장이 있으면 따라서 베껴 써보기도 하고, 똑같은 주제를 놓고 각각 다르게 써보기도 했다. 번역서를 읽을 때는 되도록 원문原文을 확인하려고 노력했다. 번

5 pp. 42-49, 강원국, 《대통령의 글쓰기》, 메디치미디어, 2014. 2.

역서는 하나의 창작물과 같아서, 원문과는 차이가 있을 수밖에 없기 때문이다. 나의 경험상 대체로 영어와 한문을 알고 있으면 뜻을 이해하는 데 큰 어려움은 없는 것 같다. 만약에 내가 확인한 내용이 미심쩍으면 해당 언어의 전문가를 찾아가서 단어의 용례와 뉘앙스에 대해서 묻기도 했다. 앞서 말한 것처럼 Humanities와 Liberal Arts를 놓고 며칠을 공부하기도 했다. 내게는 이 모든 과정이 글쓰기의 일부분이었고, 글 쓰는 시간이었다.

쓰지 않는 시간에 더 공을 들이자

전업 작가 생활을 하면서 깨달은 것은, 글을 쓰는 시간보다 쓰지 않는 시간이 더 중요하다는 사실이다. 습작생 시절에는 무조건 많이 쓰는 것만이 왕도王道라고 생각했었다. 천만의 말씀이다. 쓰지 않는 시간을 잘 준비하지 못하면, 쓰는 시간이 그렇게 괴로울 수 없었다. 반면 어떤 때는 그야말로 글이 술술 써지는 신기한 경험을 거듭하면서, 나는 쓰지 않는 시간에 비결이 있음을 깨달았다.

준비만 잘하면 어떤 글이든 쓸 수 있다는 것도 그때 배웠다. 나는 대필 작가 초반에 주로 농업 관련 청탁 글들을 썼었는데 평생 농사라고는 몰랐던, 우리 집 뒷산에도 잘 가지 않던 나였다. 하지만 그 일이 아니면 글을 써서 돈을 벌 수 없으니, 나는 울며 겨자 먹기로 마지못해 청탁에 응했다. 다행스럽게도 취재도 많고 관련 자료도 풍부해서 나는 충분히 공부하며 글쓰기에 임할 수 있었다. 덕분에 전국의 다양한 농장을 돌아다니면서 갖가지 농사 체험도 해볼 수 있었다. 한번은 유기농 과수원이라 농약은 전혀 치지 않는, 그래서 뱀도 출몰하는 배나무 과수원을 능청스럽게 취재한 적도 있었다. 일이 아니었으면 평생 가볼 일이 없었을 돈사豚舍며 한우 농장을 마치 친구 집 드나들듯 들락거렸다. 인터뷰를 하면서 핀잔도 많이 들었지만, 대체로 취재원들은 글만 써서 이런 건 모르는 게 당연하다고 친절하게 설명해주셨다. 이렇게 쓴 책, 농부들의 이름으로 발간된 이 책은 뜻밖에도 큰 호응을 얻었다. 자신보다 더 농사를 잘 아는 것 같다며 칭찬해준 농부도 계셨다. 집에서 화초 한번 길러본 적 없는 내가 농사에 관한 책을 쓴 것이다. 꼬박 두 달을, 전국 수십 개의 농장을 다니면서 취재한 덕분이었다. 실제로 글자를 써넣은 시간은 3주 남짓이었지만, 나는 거의 석 달이라는 시간을 이 책을 쓰는 데 들였다.

쓰지 않는 시간만 충분하게 공을 들여도 쓰는 시간은 별문제가 없다. 사랑에 빠진 연인도 그렇지 않은가. 데이트하지 않는 시간에도 온통 연인을 생각하고 그리워하는데, 어떻게 데이트가 즐겁지 않을까. 글쓰기의 8할은 어쩌면 쓰지 않는 시간에 기대는 것인지도 모른다. 당신의 쓰지 않는 시간은 어떠한가? 쓰는 시간보다 풍부한가?

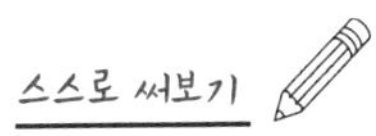

당신이 쓰고 싶은 글을 하나 정하고, 이유를 간단히 적어보자. 또한 그 글을 쓰기 위한 〈쓰지 않는 시간〉 일정표 Time Table**도 한번 만들어보자.** 1주일 기준 **내가 모르는 것은 무엇이고, 어떻게 알아낼 수 있을지 계획을 세워보자.**

1. 내가 쓰고 싶은 글

예시 인문학은 어려운 공부가 아니라는 걸 말해주는 글.

2. 이유

예시 사람들이 인문학을 너무 어렵게만 생각하는 것 같고,

그래서 읽어보지도 않고 어렵다고 오해하기 때문에.

3. 쓰지 않는 시간 일정표

1) 기존의 유사 도서나 글 읽기

2) 자료 조사

3) 인터뷰

4) 주제에 대해 내가 잘 모르는 것 채우기

일주일 일정

누구나 쓸 수 있지만 아무나 쓸 수는 없다

중학교 2학년 무렵이었다. 나는 작가가 되기로 결심했다. 그때 나는 조지 오웰과 헤르만 헤세에 푹 빠져 있었다. 또한 조정래와 현진건으로 다가오던 한국 문학에도 막 빠져들던 참이었다. 학원에서 만난 국어 선생님을 몹시 짝사랑했던 시절이기도 했었는데, 짝사랑 때문에 더 작가가 되고 싶었던 것인지, 작가가 되고 싶어서 선생님을 더 짝사랑했던 것인지는 아직도 잘 모르겠다. 그렇게 20년이 흘렀다. 서른을 훌쩍 넘긴 나에게, 작가가 되는 일은 여전히 멀게만 느껴졌다. 몇 차례에 걸친 습작도, 수십 번은 더 됐을 문학상 응모도 모두 실패한 뒤였다. 직장도, 대학원도 다 그만두고 뛰쳐나와서, 오로지 글을 써서 먹고살겠다는 열정밖에 없던 나는 고작해야 남의 글을 대신 써주는 대필 작가가 될 수 있었을 뿐이었다. 글을 잘 쓰기는 했지만, 작가가 될 수는 없었다. 나는 대필 작가 생활을 하고 난 다음에야 내가 글쓰기를 오해했었다는 사실을 깨달았다.

나답지 않고서 내 글을 쓸 수는 없는 노릇

글쓰기를 기계적으로만 생각한다면 좋은 글을 쓰는 기계적인 방법도 쉽게 찾을 수 있다. 나 역시 몇 가지 나만의 글쓰기 규칙들을 가지고 있는데, 글을 쓰는 사람이라면 누구나 공감할 만한 수학 공식 같은 내용들이다. 잠깐 소개해보면 다음과 같다.

① 한 편의 글은 하나의 중심 문장만 가진다.
② 한 문단에는 가급적 하나의 중심 문장만 가진다.
③ 한 문장에는 하나의 중심 단어만 가진다.
④ 특별한 이유 없이 똑같은 문장이나 단어를 반복하지 말 것.
⑤ 주어와 서술어, 목적어를 분명히 나타낼 것.

⑥ 생략해도 좋은 문장은 과감하게 생략할 것.

⑦ 나만의 색깔이 드러나는 단어와 문장을 사용할 것.

⑧ 불필요한 연상이나 읽기에 방해가 되는 표현은 삼갈 것.

⑨ 가능한 한 쉽게 쓸 수 있을 때까지 고쳐 쓸 것.

⑩ 독자들이 계속 기억할 만한 특징적인 표현을 쓸 것.

아마 시중에 나와 있는 어느 글쓰기 책이라도 위와 같은 내용을 말하지 않는 책은 없을 것이다. 그만큼 글쓰기 요령이라는 건 어떤 면에서는 아주 기계적이고 단순하다. 누구라도 이것만 열심히 연습하면 평균을 약간 상회하는 정도의 잘 짜인 글을 쓸 수 있다.

중학생 때부터 나는 이런 규칙들을 배웠다. 앞서 언급한 국어 선생님께서 가르쳐주셨다. 매일 전혀 다른 성향의 일간지 두 개를 읽고 하나의 주제에 서로 다른 논조의 논설문 2편씩 적었다. 나는 거의 하루도 빼놓지 않고 1년을 넘게 이렇게 연습했던 것 같다. 그리고 위의 글쓰기 규칙에 따라 몇 번씩 퇴고를 했다. 그런데도 위에 나열한 글쓰기 규칙 중에서 절대로 나아지지 않는 부분이 있었는데, 그게 바로 ⑦번이다. 도대체 나만의 색깔이란 무엇일까?

대필을 하면서 나는 최대한 의뢰인의 목소리로 말하려고 노력했다. 그런데 의뢰인의 목소리라는 건 여간해선 잡아내기 어렵다. 인터뷰와 자료 조사를 통해 의뢰인이 반복적으로 사용하는 단어, 특징적인 언어 습관과 말투, 직업과 가정환경 등을 파악하고 대충 미루어 짐작할 수밖에 없다. 그렇게 찾아낸 의뢰인의 목소리를 의뢰받은 책의 의도와 목적에 맞게 구사해야 했다. 그런데 별안간 내 머릿속이 하얗게 되면서 전구에 불이 번쩍 들어왔다. 나는 여태껏 단 한 번도 나 자신을 그렇게 관찰해본 적이 없었다. 나는 말 그대로 소리 내 엉엉 울었다. 분해서 울었다. 나는 왜 지금까지 이 생각을 못 했을까? 나한테 필요했던 건 글쓰기의 기술이 아니라, 내 글을 쓸 수 있는 나다움이었다.

그 뒤 가장 나답게 이야기할 수 있겠다고 떠올린 게 인문학이었다. 이 주제라면 남과 다른 나만의 목소리를 내기가 쉬울 것 같았다. 대필 작가 3년 만의 일이었다.

> "남의 철학을 배우지 말고, 스스로 철학하는 것을 배우라!"

독일의 철학자 임마누엘 칸트Immanuel Kant, 1724-1804의 말이다. 세계적인 철학자의 관심은 남의 철학이 아니라 스스로 철학하는 데에 있었다. 글쓰기로 말한다면 이런 식이다.

'남의 글을 배우지 말고, 스스로 글 쓰는 것을 배우라!'

작가들은 저마다 자기 글을 쓰기 위해서 발버둥 친다.

《농담》,《참을 수 없는 존재의 가벼움》 등을 쓴 밀란 쿤데라Milan Kundera, 1929- 는, 소설과 문학에 관한 자신의 생각을 밝힌 책《소설의 기술》에서, 〈소설에 관한 내 미학의 열쇠어들〉이라는 항목에 자신이 추구하는 문학의 열쇠어, 문제어, 좋아하는 단어들에 대한 일종의 단어 사전을 만들어놓았다. 쿤데라는 단어 사전을 만든 이유에 대해서 다음과 같이 설명하고 있다.

> 1968년과 1969년에 《농담》은 서구의 모든 언어로 번역되었다. 그러나 이럴 수가! 프랑스에서는 번역자가 내 스타일을 윤색하여 소설을 새로 써 냈다. 영국에서는 편집자가 사유적인 구절들을 모두 잘라 버리고 음악 이론에 대한 장을 없애 버렸으며 각 부의 순서를 바꿔 소설을 재

구성해 버렸다. 다른 나라에서 내 소설을 번역한 사람을 만나 보았다. 그는 체코어라고는 한 마디도 알지 못했다. "그런데 어떻게 번역을 했나요?" 그는 대답했다. "마음으로요." 그러면서 그는 지갑에서 내 사진을 꺼내 보여 주었다. 그가 하도 정감적이어서 하마터면 마음의 텔레파시만으로도 번역을 할 수 있을 것이라고 생각할 뻔했다. 물론 사정은 아주 간단했다. 그는 프랑스어판을 놓고 중역重譯을 했던 것이다. 아르헨티나에서의 번역도 이런 식이었다. 다른 어느 나라에서 번역된 것은 체코어를 직접 옮긴 것이었다. 나는 책을 펼쳐 들고 우연히 헬레나의 독백 부분을 읽게 되었다. 내 소설에서는 전체가 하나의 문단으로 된 긴 문장이 짧은 문장으로 조각조각 나뉘어 있었다. …《농담》의 번역판 때문에 입게 된 충격은 두고두고 잊히지 않았다. 다행히도 후일, 충실한 번역자들을 만날 수 있었다. 그러나 서글프게 엉터리들도….[6]

쿤데라는 그러면서 무려 40페이지에 걸쳐서 자신의 주요한 생각들을 일일이 단어별로 정리해놓고 있다. 거기서 쿤데라가

---

6 p. 173, 밀란 쿤데라,《소설의 기술》, 권오룡 옮김, 민음사, 2008.

언급했던 단어들을 전부 나열해보자.

> 가명, 가벼움, 가치, 감추다, 경계선, 근대, 근대근대예술, 근대세계, 근대근대적인 것, 꼴리다, 끝없는, 남서광, 늙음, 다시 쓰기, 리듬, 리리즘과 혁명, 리타니, 마초여성 혐오자, 망각, 매장하다, 명상, 모자, 목가적 상태, 미조뮈즈, 반복, 배반, 비유, 비존재, 비체험, 사상, 삶, 상상력, 서정성, 성찰, 소비에트, 소설, 소설과 시, 소설유럽의, 소설가와 그의 생애, 소설가와 작가, 신비화, 아름다움그리고 지식, 아이러니, 아포리즘, 엘리트주의, 여성 혐오자, 옥타비오, 운명, 웃음유럽적인, 유년주의, 유럽, 유언, 음란함, 인터뷰, 작품, 작품번호, 젊음, 정의, 중부유럽, 중부유럽과 유럽, 집, 책, 체코슬로바키아, 키치, 투명함, 푸르스름한, 한가함, 협력자, 활자, 황혼자전거 타는 사람, 획일성, 흐르다, 흥분, 희극[7]

모두 73개다. 쿤데라는 이 73개의 단어들-곧 73가지 자신만의 생각들을 짧으면 두세 문장, 길면 열댓 문장으로 설명하고 있다. 몇 개만 예를 들어보자.

---

7 pp. 174-217, 밀란 쿤데라, 앞의 책.

가명 나는 작가가 법에 의해 자신의 신분을 비밀로 하고 가명을 사용해야만 하는 그런 세상을 꿈꿔본다. 세 가지 이점: 남서광濫書狂의 근원적 제약, 문학 활동에 있어 공격성의 감소, 작품에 대한 전기적 해석의 사라짐.

음란함 외국어로 음란한 말을 하면 음란함이 느껴지지 않는다. 외국어 악센트로 발음되는 음란한 말은 다만 우습기만 할 뿐이다. 외국 여자와 더불어 음란해지기의 어려움. 음란함: 우리를 조국에 얽매는 가장 깊은 뿌리

활자 사람들은 점점 더 작은 활자로 책을 만든다. 나는 문학의 종말을 이렇게 상상해 본다. 아무도 눈치채지 못하게 활자가 조금씩 조금씩 작아져서 나중에는 아주 보이지 않을 정도로 작아져버리는 것.

일종의 자기 색깔이다. 작가는 각각의 사물이나 사람, 사건, 세계, 더 나아가 우주 전체에 대해서 자신만의 분명한 견해를 가지려고 발버둥 치는 사람이다. 글쓰기를 고민한다는 건 결국 세상과 사물을 어떻게 생각할 것인가 고민하는 것과 같다.

무엇이 내 의견인지를 찾아내는 작업이다. 그리고 그것이 진실이다.

나다움의 시작은 진실함이다

글쓰기에서 의례적인 문장만큼 독자의 공감과 몰입을 방해하는 요소도 없다. 자기소개서에 흔히 나오는 '저는 엄격한 아버지와 자상한 어머니 밑에서…'라든지, '제 취미는 독서' 같은 말들은 아예 하지 않은 것이나 마찬가지다. 소설에서 날씨로 도입부를 시작한다든가, '하늘만큼 땅만큼' 같은 상투적인 표현을 쓰는 것도 되도록 피하는 것이 좋다. 진정성이 떨어지기 때문이다.

그러면 어째서 이런 진부한 문장이나 표현이 나오는 걸까? 쓰기는 써야겠는데 급하게 써야 할 경우, 내가 잘 알지 못하는 것을 별다른 준비 없이 쓰는 경우, 특히 작가의 본심이 아닌 경우에 이런 상투적인 표현들이 툭툭 튀어나온다.

진실함은 글쓰기의 가장 좋은 독창성이다. 꼭 전문적인 지식이나 기발한 아이디어가 필요한 건 아니다. 일단 진실하기만 하면 독자들의 마음을 움직일 수 있다. 글은 신기하게도 작가의 진심을 담는다. 진실하게 쓴 글은 진심을 드러내지만, 가짜로 꾸민 글은 공허하다.

헤밍웨이는 《헤밍웨이의 글쓰기》라는 책에서 이렇게 말한 바 있다.

① 책이 좋다면, 내가 정말 잘 알고 쓴 것이고 진실한 글이라면, 다시 읽어도 그렇다는 걸 안다면 다른 작자들이 뭐라 깽깽거리든 내버려 둬도 좋다. 그 소리가 아주 추운 눈 쌓인 밤 그 작품을 팔아 번 돈으로 마련한 오두막에서 듣는 코요테의 울부짖음처럼 기분 좋게 들릴 것이다.
② 내가 이룬 성공은 모두 내가 아는 것에 관한 글을 써서 이룬 것들입니다.
③ 나는 그 이층 방에서 내가 알고 있는 것 한 가지에 단편 하나씩을 쓰기로 결심했다. 글을 쓸 때마다 이렇게 하려고 노력했다. 그건 엄격하고 효과적인 훈련 방법이었다.

진실은 내 안에 있다. 내가 글을 써야 한다면, 그것은 내 글이기 때문이다. 헤밍웨이야말로 정확하게 그 사실을 알고 있었다. 그렇다면 잘 안다는 건 어떤 의미일까?

헤밍웨이의 작품들은 대부분 헤밍웨이 자신의 경험에 근거한다. 헤밍웨이는 평소에 맹수 사냥, 바다낚시, 복싱 등 강한 활동을 즐겼다고 한다. 그래서인지 그는 종군기자로 1차 세계대전에 참전하기도 했고, 특파원을 자청해 스페인 내전에 참전하기도 했다. 2차 세계대전 때는 노르망디 상륙 작전에도 참가했다고 한다. 헤밍웨이에게 노벨 문학상을 안겨준 《노인과 바다》는 물론이고, 그의 대표작 《무기여 잘 있거라》, 《누구를 위하여 종은 울리나》 등에는 전장戰場을 누볐던 헤밍웨이의 경험들이 고스란히 들어 있다.

헤밍웨이의 첫 장편소설 《해는 또다시 떠오른다》는 헤밍웨이의 연애담이 모티브가 되었다. 18세의 어린 나이로 1차 세계대전 당시 구급차 운전병으로 복무했던 시절, 헤밍웨이는 참전 2개월 만에 박격포탄에 다리를 맞아 병원 신세를 지게 되었다. 그런데 그만 그곳의 간호사인 아그네스와 사랑에 빠져버렸다. 두 사람은 결혼까지 약속했지만, 헤밍웨이가 퇴원한 지 불과 두 달 만에 아그네스가 이탈리아 장교와 결혼해버렸다. 간호사 브렛을 사랑했지만 부상 때문에 결혼에 이르지 못하는 주인공 제이크는, 다름 아닌 헤밍웨이 자신이었던 것이다.

글쓰기에 있어서 경험보다 더 확실한 자산은 없다. 꼭 박사학위를 받거나 자격증이 있다고 잘 아는 건 아니다. 자신의 경험이야말로 자신만이 가지고 있는 나다움의 근거가 된다. 똑같은 경험이라 할지라도 사람마다 저마다의 이야기가 들어 있다.

흔히들 나다워지라고 하면 내 맘대로 하라는 줄로 오해하는데, 나답다는 건 자기 자신에게 진실하라는 뜻이지, 나 좋은 대로 하라는 뜻이 아니다. 내 맘대로 살라는 뜻이 아니라 내가 누구인지 깨달으라는 뜻이다.

나다워지기 위해서는 무엇보다 자신의 삶을 깊이 들여다볼 줄 알아야 한다. 내가 좋아하는 것은 무엇이고, 내가 정말 원하는 것은 무엇인지, 그럼에도 왜 좋아하는 것을 잡지 못했고, 원치 않으면서도 해야 했는지 정직하게 자문하는 작업이 필요하다.

나답다는 건 또한 지금을 사는 것이기도 하다. 사람들은 누구나 지금 이 순간을 살아간다. 그래서 지금이 중요하다. 똑같은 2014년이라도, 사람마다 주어지는 지금의 의미는 다르다. 그런 면에서 헤밍웨이는 지금에서 나다움을 찾으라고 말한다.

> 우리 시대의 작가들이 해야 하는 일은 이전에 단 한 번도 쓰이지 않은 것에 대해 쓰거나 죽은 이들이 이루어 놓은 것들을 딛고 일어서는 것이다. 작가로서 잘하고 있는지 알아볼 수 있는 유일한 방법은 죽은 이들과 경쟁하는 것이다.[8]

아무리 위대한 작가라고 해도, 괴테나 셰익스피어가 인터넷에 대해 쓸 수는 없지 않은가. 아무리 많은 글이 나왔다고 해도, 지금 시대를 가장 잘 아는 것은 지금 시대의 사람들뿐이다. 이왕이면 내가 더 잘 아는 것을 진실하게 쓰라. 그러면 나만의 독창적인 글이 나올 것이다.

---

8 p. 199, 어니스트 헤밍웨이, 래리 필립스, 《헤밍웨이의 글쓰기》, 이혜경 옮김, 스마트비즈니스, 1999.

나다운 삶이 나다운 글을 낳는다

작가 자신만의 색깔이란 결국 작가의 고유한 삶과 생각에서 나온다. 내가 다른 사람보다 더 잘 쓸 수 있는 힘은 타인과는 다른 나만의 개성에서 나온다. 수많은 이들이 무슨 글을 쓸까 고민하지만 정말 필요한 것은 '어떻게 하면 내 글을 쓸 수 있을까?' 하는 고민이다. 내가 정치가는 아니지만 그래도 정치에 대한 내 생각을 말할 수 있고, 내가 예술가는 아니지만 예술에 대해서 말할 수 있는 건 바로 나이기 때문이다. 사랑에 대한 수천 편의 글이 있다고 해도, 사랑에 대한 내 글이 없기 때문에 나는 사랑에 대해 쓸 수 있는 것이다. 다시 말하지만, 무슨 글을 쓸까 고민하기보다 어떻게 하면 내 글을 쓸까를 고민해야 한다. 무슨 글을 써도 좋다. 하지만 내 글이어야 한다. 내 글의 가장 큰 경쟁력은 나 자신에게 있다.

그래서 내 글의 원천은 나다움이다. 나만의 삶과 생각이, 각각의 글감에 들어가는 내 글의 색깔이 된다. 깊이 있는 글이란 그저 페이스북의 좋아요 버튼을 누르듯 좋다, 나쁘다만 말하면 쓸 수 있는 게 아니다. 무엇이 왜 좋은지, 무엇이 어떻게 나쁜지, 더 나아가 무엇이 왜 좋으니까 이렇게 해야 한다든지,

무엇이 이렇게 나쁘니까 그것은 어떻게 고쳐야 한다든지 하는 자기만의 주장을 펼칠 수 있어야 하는 것이다.

반드시 내가 써야만 하는 이유를 찾자. 그것이 내 삶에서 나올 수밖에 없는 내 글이 될 것이다. 자신의 삶과 생각이 없이 자신의 글을 쓸 수 있는 사람은 단 한 명도 없다. 더 나답게 살려고 노력할 때, 내 글도 더욱 나다워진다. 그것은 진실함이지, 특별함이 아니다. 나다운 글을 쓰기 위해서 특별한 삶이 필요하지는 않다. 그저 진실하면 된다.

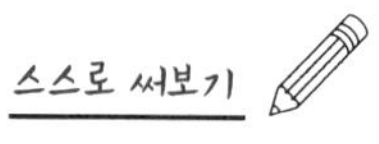

스스로 써보기

내가 좋아하는 단어 열 개를 골라서, 나만의 단어 사전을 만들어보자. 내 경험과 연관된 예시나 내 상황이 드러나는 것으로 단어를 다시 정의해 보는 것이다.

1. 예시 안경: 내 얼굴이 크다는 것을 처음으로 가르쳐준 사물.

김치찌개: 아빠가 처음 해준 요리. 아빠가 보고 싶을 때 먹는 것.

2.

3.

4.

5.

6.

7.

8.

9.

10.

Engine

글쓰기의 힘

엔진

그런 누군가가 되려고 시도하는 것,
그것이 쓴다는 행위입니다. (중략)
그 누구도 아닌 누군가가 되려고 하고,
그 누구도 아닌 누군가가 되는 사람.
나아가 그 누구도 아닌 누군가도,
그 무엇도 아닌 무언가도,
이 모든 것을 결코 쓸모없게 만들지 않는 자.

– 사사키 아타루, 《치열한 무력을》 중에서

읽고 싶은 글의 비밀

종종 글쓰기가 한없이 쓸모없어 보일 때가 있다. 글을 써서 뭐 하나 싶고, 쓴다고 뭐가 달라지나 싶기도 하다. 기록 매체로서 가지는 글쓰기의 기능을 빼면, 글쓰기가 할 수 있는 일이 과연 무엇일까 궁금해진다.

프랑스의 사상가, 작가인 사르트르Jean-Paul Sartre, 1905-1980에 따르면, 글쓰기란 하나의 '기도'企圖이며, 작가란 '죽기에 앞서 살아 있는 인간'이다. 그는 주장하기를, 작가는 자신의 악덕과 불행과 약점을 전면에 내세우는 그런 비루한 수동적 인간으로서가 아니라, 결연한 의지와 선택과 저마다 삶을 추구하는 전체적 기도의 인간으로서, 자신의 작품을 통해서 전적으로 참여해야 한다고 믿고 있다[9]고 말했다.

그러니까 작가는 글쓰기를 통해서 삶을 살기로 선택한 인간이며, 글쓰기는 하나의 결연한 선택으로서 삶을 살아가는 방식이라는 말이렷다. 그런데 왜 하필 글쓰기일까? 게다가 글은 누군가가 읽어주어야만 작동하는 수동적인 행위다. 독자가 없이는 성립할 수 없는 태생적인 한계가 있다. 주체적인 삶을 살아가려는 사람이 선택하기에는 너무나 의존적인 행동이 아닐 수 없다. 아닌 게 아니라 누군가 읽어주기를 바라면서 공들여서 쓴 글을, 만약 아무도 읽어주지 않는다면…. 그것보다 더 불행한 글쓰기가 또 어디에 있을까? 아무도 읽지 않는 글은 결국 실패한 글쓰기로 전락해버리고 만다. 그런 의미에서 글쓰기를 완결 짓는 사람은 작가가 아니라 독자다. 사르트르 역시 이 점을 지적하고 있다.

> 이렇듯 작가는 독자들의 자유에 호소하기 위해서 쓰고, 제 작품을 존립시켜주기를 독자의 자유에 대해서 요청한다. 그러나 작가의 요청은 그것으로 그치는 것이 아니다.

---

9 p. 48. 장 폴 사르트르, 《문학이란 무엇인가》, 정명환 옮김, 민음사, 1998.

> 작가는 또한 그가 독자들에게 주었던 신뢰를 자신에게 되돌려주기를 요청한다. 다시 말해서 독자들이 그의 창조적 자유를 인식하고, 동일한 성질의 호소를 통해서 이번에는 거꾸로 그의 자유를 환기시켜주기를 요청하는 것이다. 즉 우리들 독자는 우리의 자유를 느끼면 느낄수록 더욱, 타인인 작가의 자유를 인식하게 된다. 마찬가지로 작가가 우리에게 요구하면 할수록 우리도 더 그에게 요구하는 것이다.[10]

그런데 뭔가 이상하다. 글을 읽는 건 순전히 독자의 자유에 달려 있다. 그런데 사르트르는, 작가가 독자에게 읽어달라고 요청할 때 그것은 단순한 요구가 아니라 신뢰를 바탕으로 이뤄지는 요구가 된다고 말한다. 다시 말해, 작가는 독자가 읽어줄 것을 신뢰하고 독자에게 읽기를 요청하는 것이다. 다시금 자신을 향해 쓰기를 요청해달라고 요구하는 것이다.

대체 작가와 독자 중에 누가 갑甲이고 누가 을乙인 것일까?

10 p. 75. 장 폴 사르트르, 앞의 책.

읽고 싶게 만들기

얼핏 보면 이렇게 말할 수 있다. 글 쓰는 사람은 모두 을乙이다. 언제나 독자가 갑甲이다. 아무리 좋은 글이라고 해도 아무도 읽어주지 않는다면 소용없기 때문이다. 그런데 거꾸로, 아무리 읽지 말라고 해도 독자들이 읽고 싶어서 안달이 나는 글들이 있다. 이때는 독자가 을乙이다. 그때만큼은 작가가 갑甲이 된다.

김대우 감독이 연출한 영화 〈음란서생〉[11]을 보면, 금서禁書가 가지는 힘을 엿볼 수 있다. 권태로운 삶을 살아가던 사대부 윤서는, 어느 날 저잣거리에서 '난잡한 책'을 접하게 된다. 그것은 다름 아닌 음란소설이었는데, 윤서는 말할 수 없는 희열을 느끼며 음란소설에 빠져든다. 그것은 단순한 호색함을 넘어서는 그 이상의 무엇인가였다. 결국 윤서는 자신이 직접 음란소설을 쓰기에 이르고, 추월색이라는 필명으로 자신의 작품을 발표한다. 그리고 고문 전문가로 악명을 떨치는 광헌을 찾아가 자신의 책에 삽화를 그려달라고 부탁한다. 두 사람이 합

11 김대우 연출, 한석규, 이범수 주연, 〈비단길〉 제작, 2006년 작.

작한 작품《흑곡비사》는 그야말로 장안의 화제가 되는데, 급기야는 궁궐에까지 흘러 들어가 왕의 총애를 받는 후궁 정빈까지 읽게 된다.

극적인 이야기지만 예나 지금이나 금지된 독서는 존재한다. 베스트셀러는 일종의 합법적인 금서禁書라고 말할 수도 있다. 사회가 허용한 선을 넘지 않는 범위에서 사람들이 가장 읽고 싶어 하는 책들의 목록이다. 읽고 싶은 욕망은 상상을 초월한다. 더 많은 사람들이 더 오래 읽고 싶게 만드는 것, 이게 바로 글쓰기가 가진 힘이다.

여기에서 글쓰기의 진짜 위력이 드러난다. 독자가 읽고 싶은 글을 쓸 때, 작가는 엄청난 힘을 가진다. 그래서 작가란 독자의 마음을 과녁으로 삼아서 자신이 말하고 싶은 것을 화살로 쏘아 날리는 사람이다. 바로 여기에 비밀이 있다.

작가도 독자가 모두 을乙이라는 사실이다. 진짜 갑甲은 글이다. 작가는 제발 읽어달라고 요청하고, 독자는 제발 읽게 해달라고 애원한다. 작가와 독사 사이에서 오직 글 혼자만 의기양양하다.

좋은 글인가와 상관없이 누구나 읽고 싶은 글이 될 때, 글에 힘이 생긴다. 평소에 어렴풋이 생각만 했던 글, 혹은 내가 정말 알고 싶은 것을 속 시원하게 말해주는 글, 차마 말하지 못했거나 말할 수 없었던 것을 통쾌하게 말해주는 글을 만날 때 사람들은 열광한다.

그래서 작가와 독자는 서로 물어야 한다. 무엇을 쓰고 싶으냐고, 무엇을 읽고 싶으냐고 서로 긴밀하게 대화해야 한다. 어느 한쪽이 강요하는 글은 절대로 힘을 가지지 못한다. 사르트르가 말했던 것처럼 그것은 신뢰에 기반한 자발적인 요청이어야 한다. 바로 자유다. 자유가 힘의 근거다. 쓰고 싶어서 쓰는 글, 읽고 싶어서 읽는 글이 완벽하게 일치할 때, 그때야말로 가장 이상적인 글이 탄생하는 순간이다. 그러므로 작가와 독자는 떼려야 뗄 수 없는 협력자라고 할 수 있다. 둘 다 을乙이기 때문이다.

보이지 않는 글쓰기의 힘

작가가 의도했든 아니든 글은 독자를 움직인다. 독자들은 글을 읽으며 웃기도 하고 울기도 한다. 단 한 문장을 읽고도 지난날의 상처가 씻은 듯 낫기도 하고, 단 한 편의 글 때문에 지울 수 없는 엄청난 상처를 입기도 한다.

보이지 않는 글쓰기의 힘을 우습게 여기지 말자. 내가 쓴 글이 누구에게 무슨 일을 일으킬지는 아무도 모를 일이다. 아주 오래전에 쓴 글, 이를테면 작가는 기억조차 못 하는 글이 누군가에게는 엄청난 사건의 계기가 된다. 영화 〈레터스 투 줄리엣〉[12]의 주인공 소피는 자신과 아무 상관도 없는 머나먼 이탈리아에 사는 클레어가 50년 전에 쓴 편지 한 통 때문에 자신의 사랑을 만나게 된다. 한 편의 글 때문에 벌어지는, 영화보다 더 영화 같은 이야기가 우리 주변에도 얼마든지 있다.

글을 쓰는 사람이라면 글쓰기가 가진 이런 보이지 않는 힘을 어떻게 활용할지를 고민해야 한다. 전부 다 예상할 수는 없다. 하지만 글이 어떠한 변화나 사건의 계기가 될 것임은 잊지 말아야 한다. 그러나 그것은 오로지 글이 하는 일이다. 마치 살아 있는 사람처럼 한 편의 글이 세상을 휘젓고 다닐 것이다.

작가가 독자에게 읽기를 강요할 수는 없다. 독자가 자발적으로 글을 읽을 때만 글이 힘을 가진다. 그래서 사재기가 야비하다.

---

12 게리 위닉 연출, 아만다 사이프리드 주연, 〈NEW〉 제작, 2010년 작.

그것은 독자를 짓밟는 기만행위다.

역으로 독자가 작가에게 글쓰기를 강요해서도 안 된다. 읽고 싶은 글이란 언제나 읽고 나서야 알게 되는 법이다. 그러면 우리는 무엇을 쓰고, 무엇을 읽어야 하는가? 답은 글 그 자체에 있다. 작가는 독자가 읽고 싶은 글을 발견할 때까지 부지런히 써야 하고, 독자는 읽고 싶은 글을 읽을 때까지 부지런히 읽어야 한다.

글을 쓸 때에는 늘 이 글이 독자가 읽고 싶어 할지를 고민하자. 어떻게 하면 독자가 읽고 싶어 하는 글을 제대로 쓸 수 있을까 고민하자. 독자는 글을 읽으면서 과연 작가가 쓰고 싶은 글을 제대로 썼는지 확인해야 한다. 그렇게 서로를 유심히 읽어줄 때 비로소 한 편의 글쓰기가 완성된다. 핵심은 협력이다. 좋은 글은 작가와 독자가 함께 만드는 것이다. 글쓰기란 신뢰를 바탕으로 이뤄지는 작가와 독자 사이의 대화다. 서로가 좀 더 솔직할 때, 서로가 원하는 좋은 글이 나온다.

글쓰기의 시작은 작가,
글쓰기의 완결은 독자의 몫

앞에서 말하길 글쓰기에는 보이지 않는 힘이 있다고 했지만, 실은 그 힘조차 본래부터 글쓰기가 가지고 있던 건 아니다. 글쓰기는 글쓰기일 뿐이다. 글쓰기 자체에는 아무런 힘도 없다. 다만 어디선가 힘을 빌려 왔을 따름이다. 일본의 문학평론가 사사키 아타루佐々木中, 1973- 는 이 점을 명확하게 짚고 있다.

> 처음부터 무력했던 것입니다. 문학이나 예술만 특별히 무력했던 게 아닙니다. 이런 의미에서는 모두 다 무력했습니다. 무엇을 해도 무력하고, '힘 있는 것'은 아무것도 없습니다. 이것이야말로 '현실'입니다.[13]

사사키 아타루는 2010년 3월 11일 일어난 동일본대지진을 두고 이야기하는 중이다. 그는 쓰나미와 원전 사고로 이어진 압도적인 현실 앞에서 무력하지 않았던 것은 하나도 없다고 지적한다. 그러면서 '우리는 무력해!' 하고 모든 것을 다 버릴 수 있다면 차라리 편하겠지만 그럴 수도 없지 않느냐고 반문

13 p. 152, 사사키 아타루, 《이 치열한 무력을》, 안천 옮김, 자음과모음, 2013.

한다. 그러면서 아타루는 힘이 있다는 것에 대한 우리들의 오해를 다음과 같이 밝히고 있다.

> 무력합니다. 하지만 쓸모없는 것은 아닙니다. 무력하지만 무의미하지는 않습니다. 예를 들면 문학이든 사상이든, "이 압도적인 현실 앞에서 문학은 무엇을 할 수 있는가?", "사상은 무엇을 할 수 있는가? 아무것도 못 한다." 이런 말을 하는 사람은 예술이나 사상에 권력이 있다고, '힘이 있다'고 여긴 게 됩니다. 자기가 하고 있던 일이 특권적으로 무력하다고 말하는 것…… 이는 어딘가 잘못됐습니다. 어쩌면 권력을 갖고 싶어서, 유명해지고 싶어서, 돈을 벌고 싶어서 사상이나 문학을 했다는 얘기가 아닐까요? (중략)
> 책을 쓴다고 학살당한 유대인이 살아 돌아올까요? 쓰나미로 죽은 분들은요? 후쿠시마 사람들이 고향으로 돌아갈 수 있을까요? 그런 일은 결코 일어나지 않습니다.
> 문학은 무력합니다. 하지만 문학은 승리합니다. 단순한 진리입니다. 첼란, 레비나스, 슐츠 모두 위대한 책을 쓴 겁니다. 그 가혹한 하루하루 속에서, 또 그 이후에, 이것

은 지금도 할 수 있는 일입니다. 따라서 쓸모없지도, 무의미하지도 않다고 말씀드린 것입니다.[14]

이것이 글쓰기다. 글쓰기가 무력해 보이는 까닭은 당장 할 수 있는 일이 없어 보이기 때문이다. 하지만 바로 그 이유 때문에 글쓰기는 사람들에게 강력한 힘을 빌려다 준다. 그건 바로 삶이다. 글을 쓴다는 것 자체가 살아가는 이유가 될 때, 작가는 어느 때보다도 강력한 삶의 의지를 발휘한다. 글을 읽는다는 것 자체가 삶의 방식이 될 때, 독자는 위험을 무릅쓰고서라도 읽기에 몰입한다. 왜 그런가? 글을 통해서 계속해서 삶을 살아가려는 힘을 얻고자 하는 것이다. 무엇보다 글을 통해서 작가와 독자가, 작가와 작가가, 독자와 독자가 서로 만난다.

따라서 글쓰기야말로 한 개인의 한계를 뛰어넘고자 하는 적극적인 삶의 시도가 된다. 글쓰기는 내 생각과 삶이 글을 타고 흘러 다른 사람에게까지 연결되는 일종의 연대 요청이다. 읽기와 쓰기는 그래서 훌륭한 연대의 수단이다. 그것은 시공을 초월해 사람들을 만나게 하고, 모두를 하나로 결집시킨다. 글은 어떤 대규모 집회나 시위보다도 더 강력한 힘을 발휘한

14 p. 155, 사사키 아타루, 앞의 책.

다. 나 혼자 쓰는 것 같지만 실은 함께 쓰는 것이며, 나 혼자 읽는 것 같지만 실은 함께 읽는 것이다. 놀랍지 않은가? 이 모든 일들이 순전히 자발적인 마음에서 비롯된다.

사람들은 누가 시켜서가 아니라 스스로 원하는 마음을 가지고서 누군가의 글에 동참하는 것이다. 내가 읽은 것을 너도 읽었다고 확인하는 순간, 말할 수 없이 강력한 상호 간의 공감대가 형성된다. 비록 눈에 보이지 않더라도 확실히 존재한다고 말할 수 있다. 그것은 자유와 신뢰에서 비롯하는 무한한 공감대의 힘이다. 모두가 파편화된 삶을 살고 있는 요즘에 더욱 절실한 힘이다. 글쓰기는 우리를 만나게 한다.

그런 의미에서, 요즘 유행하는 SNS 글쓰기는 상당히 교묘하다고 볼 수 있다. 그것은 명백한 의도를 가지고 있고 명백한 반응을 강요한다. 아닌 척하지만 모두가 안다. 리트윗과 좋아요, 팔로워 숫자와 친구 숫자는 명백한 권력의 지표처럼 보여진다. 어떤 의미에서는 자연스럽다고 할 수 있지만 글쓰기의 입장에서 볼 때는 아주 부자연스럽다.

독자들은 리트윗하거나 좋아요를 누르는 것 외에 어떻게 작가의 글을 완결해주어야 할지를 잘 모르는 것 같다. 타임라인은 늘 바뀌고 매 순간마다 새로운 게시물이 올라온다. 글은 끊임없이 생산되고 또 소비된다. 어쩌면 모든 사람을 작가로 만들어버림으로써 남의 글에 제대로 호응해줄 독자를 소멸시켜버린 것일지도 모르겠다. 그렇다면 그것은 글쓰기를 음해하는 대단한 계략이고, 계략은 매우 성공한 것처럼 보인다.

솔직하게 말해보자. 이제 남의 글에 관심을 가지는 사람은 별로 없다. 모두들 내 글에 댓글이 몇 개가 달렸는지, 내 글의 좋아요 숫자는 몇 개인지에만 관심을 가진다. 읽기가 사라진 쓰기의 시대에서, 글쓰기는 아무런 힘도 발휘할 수 없게 되어버렸다. 독자가 없는 글이란 영원히 완결될 수 없는 글이다.

스스로 써보기 

내 글의 주된 독자는 누구인가? 또 나는 어떤 사람의 독자인가?

독자 없이는 작가도 없다

글쓰기의 힘은 결국 독자와 작가가 서로 자유롭게 만날 때 생겨난다. 작가는 쓰고 싶은 것을 쓰고, 독자는 읽고 싶은 것을 읽는다. 실은 작가는 독자가 읽고 싶은 것을 써주고, 독자는 작가가 쓰고 싶은 것을 읽어주는 것이다.

어느 한쪽으로 균형이 치우쳐버리면 곤란하다. 둘 중에 하나만 있어서도 안 된다. 글쓰기는 그래서 매우 정교한 협업이다. 작가와 독자는 서로에게 필수적인 상생의 동료다. 글만 잘 쓰면 독자들은 읽어주기 마련이라고 말하지만, 실은 독자들이 읽고 싶은 글이니까 잘 쓴 글이 되는 것이다. 만약 무조건 내 글을 지지해줄 독자 만 명이 있다면 그보다 더 확실한 글쓰기의 보장도 없을 것이다. 아니, 내 글에 단 한 명의 독자라도 존재한다면 작가에게 그보다 더 큰 기쁨이란 없다. 한 명이라도 내 글을 읽어주는 사람이 있다는 것, 한 사람이라도 내가 읽고 싶은 글을 써주는 사람이 있다는 것, 이것이야말로 작가와 독자에게 내려진 글쓰기의 커다란 축복이다.

독자가 사라졌다?

읽기가 없이는 쓰기도 없다. 글쓰기의 의미를 되찾기 위해 이제는 작가가 다시 독자가 될 차례다. 앞에서 언급한 것처럼 오늘날 인터넷이 글쓰기에 끼치는 해악은 모든 사람을 작가로 만들어버렸다는 점이다. 독자를 없애버린 것이다.

글을 잘 쓰기 위해서라도 작가는 독자를 잘 읽어야 한다. 내가 쓰는 글이 누구에게 읽히는 글인지도 모르고 쓰는 것은 곤란하다. 모든 글은 독자를 가진다. 그렇다면 내 글에는 나의 독자가 있다는 것도 잊어서는 안 된다.

그런데 조금 예외적인 작가도 있다. 지금은 세계적인 작가로 널리 알려진 프란츠 카프카Franz Kafka, 1883-1924다. 그는 생전에는 거의 독자가 없었다. 거의 작품을 발표하지 않았기 때문이었다. 카프카는 유언을 남기면서, 자신이 죽은 뒤에 자신의 모든 미발표작들을 없애달라는 부탁을 했다. 친구의 마지막 부탁을 무시한 막스 브로트가 없었더라면, 지금 우리가 알고 있는 작가 프란츠 카프카도 없었을 것이다.

카프카는 오로지 글쓰기 그 자체에만 삶의 의미를 부여했던 사람이었다. 그러나 그의 글이 공개되면서, 비록 사후死後이기는 하지만 카프카는 자신의 독자를 갖게 되었다. 그것도 엄청나게 많이. 만약에 결핵이 그의 생명을 그토록 빨리 앗아가지 않았더라면 그는 생전에 그의 독자를 만날 수 있지 않았을까? 어쨌든 카프카는 평생 독자 없는 글쓰기에 매진했다. 그리고 카프카의 독자들은 이제 시대를 초월해서 카프카를 읽는다.

나는 카프카를 통해서 한 가지 힌트를 얻었다. 위대한 작품은 보편적인 인간을 독자로 전제한다는 점이다. 오래가는 글은 오래도록 읽어주는 독자를 가졌기 때문인 것이다. 카프카를 능가하는 위대한 작가로는 아마 윌리엄 셰익스피어William Shakespeare, 1564-1616를 꼽을 수 있을 것이다. 셰익스피어가 숨진 지 무려 400년이 다 되어가지만, 그의 독자들은 여전히 줄어들 줄을 모른다.

내가 가장 좋아하는 작품 중 하나인 《삼국지연의》의 작가로 알려져 있는 나관중은 서기 1400년에 죽은 사람이고, 이야기의 배경이 되는 중국의 삼국 시대는 서기 184년 황건적의 난부터 280년 사마염의 진나라가 삼국을 동일하던 시점까지를 다루고 있다. 그러니까 1,800여 년이 지나도록 애독되는 이야기인 셈이다.

셰익스피어나 《삼국지》 같은 작품은 수많은 사람들에 의해서 각색되고 재구성되면서 읽히고 있다. 새로운 해석과 관점에 따라서 전혀 다른 이야기로 소개되기도 하지만, 역시나 원작原作이 없이는 불가능한 일이다. 당신은 자신이 쓴 글의 수명이 얼마나 될지 생각해본 적이 있는가?

좋은 글은 오래도록 읽히는 글이다. 그렇게 놓고 보면 현대의 글쓰기는 작품의 수명이 엄청나게 단축되어버렸다. 아니면 아예 처음부터 일정 기간만 유통될 것을 염두에 두고 쓰고 있기 때문에 그런지도 모른다.

인스턴트 글쓰기의 시대

글쓰기가 흔하지 않던 시절 사람들은 영원永遠을 염두에 두고 글을 썼다. 마치 한번 새겨 넣으면 영원히 지워지지 않을 것처럼 조심스레 바위에 글자를 새기기도 했고, 되도록이면 오랜 세월을 견딜 단단한 재질을 사용해서 글을 썼다. 한번 쓴 글은 틈틈이 다시 베껴 적었다. 책이 닳거나 파손되지 않도록 정확하게 옮겨 적는 필사筆寫가 오랫동안 글쓰기의 중요한 장르로 존재했다. 책이라고 하면 으레 수백 년을 전해지는 것을 당연하게 생각하던 시절이었다. 《실낙원》을 쓴 영국의 사상가 존 밀턴은 '가장 좋은 책은 영구 불멸하다'고 말했었다. 그러나 이제는 모든 것이 달라져버렸다.

어제 쓴 글이 채 하루를 못 버티는 세상이다. 급격한 시대적 변화의 속도는 글쓰기의 패러다임인식 체계마저 바꾸어놓았다. 몇 년을 공들여서 책 한 권을 쓰는 것을 당연시하던 시절이 있었지만 이제 그렇게 하는 작가는 드물다. 사람들의 생각과 관심사가 워낙 빠르게 변화하다 보니, 여차하면 적절한 글을 쓸 때를 놓쳐버리기가 십상이다.

책은 이제 빠르게 생산되고 짧게 소비되는 것으로 바뀌었다. 하루에 새로 출간되어 쏟아지는 책만 해도 백 권이 넘는다. 대한출판문화협회가 발표한 통계에 따르면, 2013년 한 해 동안 출간된 신간 도서 발행 종수는 모두 4만 3,146종으로, 1일 평균 118종에 달한다. 가히 책의 홍수 시대라고 말할 수 있지만 아이러니하게도 책 읽는 사람은 줄어들고 있다. 같은 시기 2013년 문화체육관광부가 발표한 〈2013년 국민독서 실태 조사〉를 보면 성인 한 사람당 연간 독서량은 평균 9.2권으로, 10권도 되지 않았다. 한 달에 책 한 권조차 읽지 않는다는 뜻이다. 하루 평균 독서 시간은 고작 23분이었다. 그런데 여기에 한 가지 통계를 덧붙여서 살펴보고 싶다. 바로 스마트폰이다.

방송통신위원회와 한국인터넷진흥원KISA이 공동으로 발표한 〈2012년 스마트폰 이용 실태 조사〉에 따르면 19세 이상 우리나라 성인들은 하루 평균 3.4시간을 스마트폰을 보는 데 사용하고 있다. 읽기의 관점에서 따져본다면 책에서 스마트폰으로 읽는 대상이 달라졌다고 볼 수 있지 않을까? 어쩌면 이전보다 더욱 과도한 읽기를 경험하고 있는지도 모를 일이다. 과연 지금을 살아가는 우리들은 예전보다 더 많이 읽을까, 아니면 더 적게 읽을까?

소설가 김탁환은 《천년습작》이라는 책에서 다음과 같은 고민을 토로하고 있다.

> 또 다른 길은 아직 제대로 가본 소설가가 없는 험난한 길입니다. "(근대 소설이라면) 이야기를 이렇게 만들어야 한다."라는 선입견(혹은 우월한 지점)을 접고, 미적 형식이 절대적인 기준이 아닌 이야기 갈래로, 일회적인 외유가 아니라 지속적이고 체계적인 접근을 시도하는 것이겠지요. 우선 각 이야기 갈래들의 특징과 장·단점을 파악한 다음에야 거기에 근대소설가가 지닌 여러 장점들을 접목시킬 수 있을 것입니다.
>
> 예상치 못한 어려움에 봉착하겠지요. 소설가에게 소설은 처음이자 끝, 그러니까 전부였는데, 영상매체에서 대본이나 시나리오는 결코 처음이자 끝이 아닙니다.[15]

사람들은 읽기를 중단하지 않았다. 다만 책이 아닌 다른 것들을 더 많이 읽고 있을 뿐이다. 그렇다면 글쓰기도 달라져야

15 p. 104, 김탁환, 《천년습작》, 살림출판사, 2009.

하지 않을까? 말하자면 책을 쓰는 것만이 글쓰기는 아니라는 뜻이다. 인터넷, 영상, 모바일 등 글쓰기의 영역은 훨씬 더 넓어졌다고 봐야 한다. 사람들은 이제 아침에 눈을 떠서 밤에 잠들 때까지, 손에서 스마트폰을 놓지 않는다. 읽는 글이 달라지면 쓰는 글도 달라질 수밖에 없다. 여기에 지금 우리 시대의 고민이 있다.

무엇을 읽는 시대인지 읽어라

글쓰기는 시대마다 달라진다. 각각의 시대가 반영하는 삶의 모습이 다르기 때문이다. 이를테면 요즘 화제가 되는 글쓰기는 아무래도 입시와 취업 관련 글쓰기, 프레젠테이션과 보고서 글쓰기, 인터넷 글쓰기 등이다.

조선 시대 오백 년을 붙잡았던 화제의 글쓰기는 단연 과거 시험에 쓰이는 사장詞章이었다. 사장이란 시詩, 부賦, 표表, 전箋, 책문策問 등의 글짓기가 주를 이루는 조선 시대 대표적인 문예 양식이다. 이것은 주로 진사과進士科라고 해서 시험을 보았다. 한때는 주자학朱子學의 전통을 살리기 위해서 사서오경四書伍經을 시험 범위로 하는 생원과生員科만을 실시한 적도 있었지만, 대체로는 사장을 중시하는 풍조였다고 한다.

한때는 신춘문예가 글쓰기의 대명사인 양 여겨졌던 시절도 있었었다. 처음 신춘문예가 등장한 것은 1914년의 일로, 당시 총독부 기관지였던 〈매일신보〉에서 모집했다. 뒤이어 1925년 〈동아일보〉, 1928년 〈조선일보〉도 신춘문예를 실시했다. 신춘문예를 통해 등단한 작가로는, 백석30년, 황순원33년, 김유정35년, 김동리36년, 정비석36년, 서정주36년를 비롯해 차범석, 홍윤숙, 이근배, 최인호, 오태석, 최하림, 홍성원, 한수산, 이문열, 기형도, 유홍준, 조해일, 오정희, 고원정, 구효서, 하근찬, 김승옥 등 1980년대까지 막강한 위세를 자랑했다. 하지만 1990년대를 고비로 2000년대 들어서면서부터 급격히 쇠락해, 급기야는 2013년, 문학평론가 최강민은 신춘문예 파산 선언[16]을 하기도 했다. 아닌 게 아니라, 신춘문예는 더 이상 예전과 같은 위상을 갖지 못하는 것이 사실이다. 이것은 비하하는 말이 아니라, 시대적 흐름에 따라 부침을 거듭하는 글쓰기의 한 단

16 최강민, 〈신춘문예, 단편소설 문학제도는 이제 망했다!〉, 웹진 〈문화 多〉, 2013. 6. 3.

면을 보여주는 것일 뿐이다. 어디 신춘문예만 그렇겠는가?

1990년대 PC통신 열풍을 타고 전국을 강타했던 판타지 소설도 그렇다. 한때는 전국의 모든 대학 도서관에서 판타지 소설이 대출 순위 상위권을 장악할 만큼 막강한 위세를 떨쳤고, 이영도의 《드래곤 라자》와 이우혁의 《퇴마록》은 2013년 현재 누적 판매량 천만 부를 자랑하는 전설적인 작품들이다. 하지만 이우혁이 93년 PC통신 〈하이텔〉에 연재했던 판타지 소설은 그 뒤 인터넷 사이트 〈조아라〉나 〈문피아〉에서 활동하다가 대여점으로 자리를 옮겨 잡았다. 이 무렵 대여점의 숫자는 5,000개에 달했던 것으로 알려져 있는데, 이른바 〈리니지〉 같은 MMORPG의 유행과 맞물려 게임을 배경으로 판타지 소설이 등장하기도 했다. 하지만 대여점을 중심으로 양적 확대에만 치중하던 일명 양판소양산형 판타지 소설의 난립, 불법 스캔과 저작권 문제 등이 터지면서 판타지 소설 업계도 급격한 위기를 맞이하게 되었다. 대여점이 대폭 줄어들었고, 판타지 소설의 인기도 예전 같지 않게 된 것이다. 하지만 2010년을 기점으로 스마트폰과 태블릿 PC에서 온라인 대여나 유료 연재를 하게 되면서 판타지 소설은 새로운 전환점을 맞이했다.

그 밖에 '귀여니'로 대표되는 로맨스 소설이나 무협 소설, 국내의 한 포털 사이트에서 오픈한 웹소설 서비스 등도 인터넷을 매개로 유행했던 글쓰기들이다. 이러한 장르 소설, 혹은 인터넷 소설에 대한 평가는 뒤로하더라도, 인터넷이라고 하는 새로운 매체의 출현으로 인해 글쓰기의 의미와 양상에 상당한 변화가 일어났음은 부인할 수 없다. 그렇다면 글쓰기를 좌우하는 외적인 힘은 당연히 시대적 배경에 있다고 보아야 맞다.

그런 의미에서 독자란 그때그때의 시대적 배경을 압축적으로 상징하는 존재가 된다. 시대적인 변화가 빨라지면 빨라질수록 시대를 초월하는 보편적인 의미에서의 독자는 점점 줄어들고, 당장의 유행과 흐름을 반영하는 좁은 의미의 독자가 더 강세를 띠는 것도 당연한 이치다.

따라서 작가에게는 시대를 멀리 볼 줄 아는 긴 안목이 필요하다. 요즘같이 변화가 많은 시절에는 더욱 그렇다. 단순히 지금 유행하니까 정도로는 부족하다. 적어도 왜 유행하는지, 앞으로 유행이 어떻게 달라질지 예측하는 데까지 고민해야 한다. 시대가 요구하는 읽기를 나의 글쓰기 안에 담아야 한다. 그래서 때로는 유행을 거스르기도 하고, 또 앞서 가기도 하면서 시대와 호흡하는 것이다. 시대의 읽기를 읽는 눈이야말로 글쓰기의 동력이다.

영원의 글쓰기는 없을까

프랑스의 문학사상가 모리스 블랑쇼Maurice Blanchot, 1907-2003는 《문학의 공간》이란 작품에서 말하길, "글을 쓴다는 것은 시간의 부재의 매혹에 자신을 맡기는 것"이라고 했다. 그러면서 시간의 부재란 부정적인 의미가 아닌, 그렇다고 영원의 이름으로 찬양하는 이상적인 시간도 아닌, 본질적인 고독과 마주하는 매혹의 시간이라고 설명한다.[17]

독자로 상징되는 시대적 배경이 글쓰기의 한 축이라면, 글쓰기 자체가 가지고 있는 무시간성無時間性은 글쓰기의 또 다른 기둥이 된다. 전자가 지금 당장 바깥에 나가면 만날 수 있는 가시적인 독자라면, 후자는 어느 시대든지 상관없이 마주칠 수 있는 비가시非可視적인 독자라고 말할 수 있다. 실재하

17 pp. 28-35, 모리스 블랑쇼, 《문학의 공간》, 이달승 옮김, 그린비, 2010.

는 독자를 만나기 위해서는 외부로 눈을 돌려야 하지만, 보이지 않는 독자를 만나기 위해서는 작품의 내면으로 들어가는 수밖에 없다.

스스로 써보기

지금 시대에 유행하는 글쓰기는 무엇일까? 당신이 생각하기에 앞으로 어떤 글이 유행할 것 같은가?

탐험하는 글쓰기 : 주제

모든 글에는 주제主題가 있다. 때로는 제목에서 주제가 드러나기도 하지만, 크게 보면 제목 또한 주제를 드러내기 위한 여러 가지 장치들 중 하나에 속한다. 주제란 무엇일까? 주제는 대답이다. 그러나 '질문으로서의 대답'이다.

> 올바른 대답은 질문 속에 뿌리를 내리고 있다. 대답은 질문을 살아간다. 대답은 질문을 지운다고 상식은 믿고 있다. 이른바 행복했던 시절엔 실제로 대답만이 살아 있는 것 같다. 그러나 이러한 긍정의 행복도 곧 시들고 만다. 진정한 대답은 언제나 질문의 삶이다.[18]

---

18 p. 304, 모리스 블랑쇼, 앞의 책.

블랑쇼가 말한 것처럼, 깊이 있는 주제일수록 질문의 형태를 띠는 경우가 더 많다. 작가는 대답하는 자이기보다 질문하는 자에 더 가깝다. 작가가 질문할 때, 대답은 작가 자신을 포함한 독자들의 몫이 된다. 작가가 질문하고 작가가 대답하는 것보다, 작가가 던진 질문을 놓고 다 함께 고민하도록 하는 편이 더 낫다고 생각한다. 물론 질문 자체가 하나의 대답이기도 하기 때문에, 질문만 던진다고 해서 작가가 전혀 대답하지 않는 무책임함을 저지르는 것은 아니다. 정말로 좋은 글은 보다 더 나은 대답을 찾기 위한 하나의 질문으로서 작동할 때가 훨씬 더 많은 듯하다.

글쓰기는 탐구다

글은 말言과 똑같은 언어를 사용하면서도, 말言과는 구분되는 저만의 특징이 있다. 말은 순간에만 존재하는 데 반해, 글은 영속적으로 존재한다. 한 편의 글은 첫 단어부터 마지막 단어까지 한번 써놓으면 한 치도 변하지 않는다. 이러한 글의 특징 덕분인지 책은 아주 오랫동안 인류의 교육 수단으로 활용되었다.

아무리 말을 잘하는 사람이라도 책 한 권 분량을 쉬지 않고 말하기란 힘든 일이다. 하지만 글은 한 번 기록해놓으면 계속해서 똑같은 내용을 반복적으로 확인할 수 있다. 그래서 글은 탐구적이다. 한 편의 글에는 수많은 지식과 진리가 녹아 들어간다. 독자는 그저 읽는 것만으로도 학습 효과를 얻는다. 작가는 더 말할 것도 없다.

한 권의 책을 쓰기 위해서는 대략 몇 권 분량의 책이 필요할까? 수십 권, 어쩌면 수백 권의 책이 들어가는지도 모른다. '무엇을 잘 알고 싶거든 한 권의 책을 쓰라'는 말도 있다. 작가는 다 알기 때문에 책을 쓰는 것이 아니라, 더 알기 위해서 책을 쓴다.

《죄와 벌》, 《백치》, 《카라마조프가의 형제들》을 쓴 도스토옙스키는 인간 내면의 어두운 부분을 파헤침으로써 진정한 구원이란 무엇인가를 묻고 있다. 《북회귀선》의 작가 헨리 밀러는 숨김없이 드러내는 성性을 통해서 선과 악을 넘나드는 인간의 본질을 묻고 있으며, 찰스 디킨스는 《데이비드 카퍼필드》, 《위대한 유산》, 《올리버 트위스트》, 《크리스마스 캐럴》,

《두 도시의 이야기》 등의 작품을 통해서 가난한 사람들의 삶과 사회적 악습을 풍자하는 데 공을 들였다. 《이방인》, 《페스트》의 작가 알베르 카뮈의 관심은 인간의 고독, 소외, 악의 문제에 있었으며, 프랑스 소설가 스탕달은 《적과 흑》, 《파르마의 수도원》, 《연애론》 등의 작품을 통해서 갈등과 욕망으로 점철된 인간의 내면을 해부한다.

비단 문학가들만 글을 쓰는 것은 아니다. 《자연》, 《위인이란 무엇인가》를 쓴 미국의 사상가 랄프 에머슨은 교회의 억압에 맞서서 자연과 하나 되는 자유로운 인간성을 찾고자 했다. 프로이트의 《꿈의 해석》은 정신분석학을 개척한 선구적인 작품이고, 생물학자 다윈은 《종의 기원》을 통해서 당시의 중심적인 세계관이었던 기독교 세계관에 일대 혁명을 불러왔다. 아담 스미스의 《국부론》이나 칼 마르크스의 《자본론》은 오늘날 사회를 움직이는 사상적 토대가 되었고, 토마스 쿤의 《과학혁명의 구조》라든지 리프킨의 《엔트로피》, 도킨스의 《이기적 유전자》 등은 오늘날 과학자가 아닌 사람들도 필수적으로 읽어야 할 훌륭한 교양서이기도 하다.

지금 우리 사회에서 화제가 되는 글을 꼽으라면 멀게는 백

범 김구 선생의 《나의 소원》부터 함석헌의 《생각하는 백성이라야 산다》, 신영복의 《감옥으로부터의 사색》, 유시민의 《항소이유서》 같은 것들이 있겠고, 아주 가까운 예로는 〈삼성 입사 1년 만에 퇴직한 신입사원의 사직서〉나, 취업의 도구로 전락해버린 대학 교육을 고발한 김예슬의 〈오늘 나는 대학을 그만둔다, 아니 거부한다〉 같은 글들도 있다. 시대와 상황은 달라도, 모든 글들이 각자의 삶을 배경으로 삼아서, 모두가 쉽게 지나칠 수 없는 진지한 질문을 던지고 있다.

인류의 역사는 곧 책의 역사라고 해도 될 만큼, 글쓰기는 이렇게 다양한 분야에 걸쳐서 위대한 저작물을 남기는 데 사용되어왔고, 지금도 마찬가지다.

소재를 바라보는 시선

옥스퍼드 대학 교수 존 케리가 엮어낸 《역사의 원전》이라는 책에는 180개의 다양한 역사적 기록물이 가감 없이 수록되어 있다. 장르로 따진다면 르포르타주reportage인데, 주로 신문, 방송, 잡지 등에서 수행하는 현장 보고, 기사, 고발 등의 객관적 서술 양식을 의미한다. 이를테면 이런 식이다.

> 우리는 일본 본토에 폭탄을 투하하러 가고 있다. 우리 편대는 세 대의 특별히 설계한 B-29 슈퍼포트 기로 구성되어 있는데, 그중 두 대에는 폭탄이 탑재되어 있지 않다. 그러나 주기主機 밑에는 사흘 만에 투하될 두 번째 원자폭탄, 상황에 따라 2만 내지 4만 톤의 TNT에 맞먹을 폭발 에너지를 발산할 원자폭탄이 매달려 있다. (중략)
> "간다!" 누군가 말했다. 그레이트 아티스트의 배로부터 검은 물체로 보이는 무언가가 아래로 떨어져 갔다.
> 보크 대위는 폭발에서 벗어나기 위해 기수를 크게 돌렸다. 그러나 우리 비행기가 반대 방향을 바라보고 있었는데도, 그리고 환한 대낮이었는데도, 우리 선실을 강렬한 빛으로 가득 채우고 우리가 낀 용접용 안경의 검은 장벽까지도 뚫고 들어온 거대한 섬광의 존재를 우리 모두 느끼지 않을 수 없었다.
> 섬광이 터진 후 우리는 안경을 벗었지만 빛은 아직도 남아 있었다. 온 하늘을 밝히는 청록색의 빛이었다. 거대한 폭풍이 우리 비행기를 후려치자 비행기는 코끝에서 발끝

까지 부르르 떨렸다. 뒤를 이어 네 차례의 폭발이 꼬리를 이었는데, 한 번 폭발할 때마다 비행기가 모든 방향에서 대포알을 맞은 것처럼 울렸다.[19]

글쓴이는 당시 일본 나가사키에 원폭 투하를 수행했던 윌리엄 로렌스라는 미국 군인이었다. 위의 글은 1945년 9월, 〈뉴욕 타임스〉에 실렸었다. 하지만 이 글을 읽는 시선은 읽는 사람에 따라 크게 달라진다. 저자에게 이 글은 1945년 8월 9일에 수행했던 임무 기록이고, 9월에 〈뉴욕 타임스〉를 읽은 미국 국민들에게는 승전勝戰을 가져다준 전투 기록일 것이다. 하지만 나가사키 시민의 입장에서 이보다 더 끔찍한 기록은 없을 것이다.

만약 똑같은 나가사키 원폭 투하를 일본 군인의 입장에서 기록한다면 어떨까? 위의 글과는 전혀 다른 양상의 글이 나올 것임은 분명하다. 똑같은 예를 하나 더 들어보자.

어떤 강도 사건에 대해 범행을 저지른 강도가 쓴 일기와, 강도를 당한 집주인의 일기, 또 강도 사건을 수사하는 경찰의 기

19 pp. 828-835, 존 케리 엮음, 《역사의 원전》, 김기협 해설 옮김, 바다출판사, 2006. 원문 출처: William T. Laurence, New York Times, 1945.9.9.

록, 강도를 당한 집의 이웃이 쓴 글은 모두 똑같은 소재지만 전혀 다른 글로 나올 것이다.

똑같은 소재를 다루더라도 바라보는 시선에 따라 전혀 다른 글이 나온다. 즉 글의 주제를 결정짓는 것은 글쓴이의 의도와 입장이다. 소재는 같아도 주제는 다른 것, 그것이 글쓰기다.

초보적인 글쓰기에서 자주 혼동하는 지점이 소재와 주제다. 사람들은 뭔가 특별한 글을 쓰기 위해서 특이한 소재를 찾으려고 애쓴다. 평범한 소재로는 특별한 글을 쓸 수 없다고 착각하는 것이다. 물론 소재 자체가 가지는 특별함을 전혀 무시할 수는 없다. 하지만 더 중요한 건, 좋은 주제는 소재에 따라서 좌우되는 게 아니라는 사실이다.

율곡 이이가 세 살 때의 일이라고 한다. 율곡의 친척 아주머니가 석류 하나를 건네주면서, 시詩를 한번 지어보라고 했단다. 그러자 불과 세 살밖에 되지 않았던 율곡이 즉석에서 다음과 같은 시를 지었다고 한다.

石榴皮裏碎紅珠석류피과쇄홍주

석류 껍데기는 부서진 붉은 옥을 담은 구슬 주머니다.

세 살에 불과한 아이가 시를 지었다는 것도 놀랍지만, 석류라는 흔한 소재를 놓고서 했다는 표현이 더욱 놀랍다. 그렇다면 주제를 잘 표현하기 위해서는 어떻게 하는 걸까? 우리는 어떻게 하면 좋은 시선을 가질 수 있을까?

주제는 새로운 관점을 탐험하는 것이다

소재가 글쓰기의 대상이라면, 주제란 소재를 바라보는 관점view-point에서 나온다. 글쓰기가 문학적 행위이기는 하지만 주제를 찾아내는 작업은 다분히 철학적이다. 사유思惟가 없이는 주제를 세울 수 없다. 미국의 시인 월리스 스티븐스Wallace Stevens, 1879-1955는 '우리는 밤새도록 우리의 사유를 견뎌내야만 한다'고 말했다.

흥미롭게도 철학자 알랭 바디우Alain Badiou, 1937- 는 월리스 스티븐스의 시집 《여름으로의 이송》에 기대어 자신의 사유를 전개한다. 바디우의 책 《투사를 위한 철학》은 철학과 정치의 관계에 대해서 논하고 있지만, 바디우가 사용하는 논리는 우리가 글쓰기의 주제를 배우기에도 적절해 보인다.

사실 바디우는 이미《조건들》이라는 책에서 주장했듯이, 철학이 비철학적인 어떤 영역들에 의존한다는 말에 완벽하게 동의한다. 그는 과학, 정치, 예술, 사랑이라는 네 가지 다른 유형에 속하는 조건들로 구성된 더 광범위한 집합을 제안한다.

> 내 작업은, 예를 들어 무한에 대한 새로운 개념에 의존할 뿐만 아니라, 말라르메, 랭보, 페소아, 만델스탐 또는 월리스 스티븐스의 위대한 시들, 사무엘 베케트의 산문, 그리고 정신분석의 맥락 속에서 나타났던 사랑의 새로운 형식들, 그리고 또한 성구분과 '젠더'에 관련된 모든 문제들의 철저한 전환에 의존한다.[20]

바디우가 정의하는 철학은 곧 글쓰기에 있어서 내가 정의 내리고자 하는 주제의 개념과 일치한다. 바디우는 다음과 같이 말하고 있다.

---

20 pp. 35-36, 알랭 바디우,《투사를 위한 철학》, 서용순 옮김, 오월의봄, 2013.

> 철학은 새롭고 거대한 규범적 분리를 제안함으로써 모든 이론적이고 실천적인 경험을 재조직하는 행위인데, 이러한 분리는 기존의 질서를 뒤집고, 진부한 가치들을 넘어서는 어떤 새로운 가치들을 격상시킨다.[21]

철학이 다른 가능성, 다른 세상은 가능하다고 믿고 그것을 모색하는 작업이라면, 그것이야말로 글쓰기에 담기는 주제의 실체가 된다. 주제를 구현하는 글쓰기야말로 혁명적인 작업이 된다. 물론 그것은 물리적인 혁명이라기보다는 혁명의 시뮬레이션 혹은 실험적 혁명이다. 글쓰기를 통해서 우리는 다른 가능성을 모색할 수 있고, 다른 세상을 탐구할 수 있다.

만약 글쓰기가 현존하는 현실 세계의 단순한 반복과 재생이라면, 그것은 현실의 시녀로서 작동할 뿐인 굴욕적인 글쓰기다. 굳이 현실 세계가 아닌, 글쓰기라는 하나의 정신적인 활동을 통해 무엇인가를 구현하고자 할 때에는, 현실 세계에서는 지금 당장 불가능하더라도 어쩌면 가능할지 모르는 새로운 세계에 대한 일말의 희망을 찾고자 하기 때문인 것이다.

다르게 바라보는 것, 다르게 사유하는 것, 다르게 표현하는

21 p.46, 알랭 바디우, 앞의 책.

것, 그리고 다르게 행동하는 것. 문학은 끊임없이 다른 세계와 다른 가능성을 찾아서 탐구를 지속해왔다. 바디우가 주장하는 철학의 가능성은 실은 글쓰기가 감당해야 할 몫이다.

> 실제로 오늘날과 같이 세계가 어둡고 혼란스러울 때, 우리는 빛나는 허구를 통해 우리의 궁극적인 믿음을 지탱해야 한다. 도시 젊은이들의 문제는 그들에게 어떤 허구도 없다는 데 있다.[22]

허구는 허무한 환상이 아니다. 스티븐스가, 또 바디우가 다시 주장하는 것처럼 '그것은 가능하며, 가능하고, 가능하고, 가능해야만 한다'.

글쓰기에서 주제를 찾는 작업이 단순히 사물과 세상을 다른 관점에서 바라보는 데 있다고 오해하지 말기 바란다. 주제를 탐구하는 작업은 다른 관점에서 출발해, 새로운 사물과 새로운 세상을 탐험하는 데까지 나아가야 한다. 보는 데 그치지 말고, 몸소 탐험에 나서야 하는 것이다.

---

22 p. 112, 알랭 바디우, 앞의 책.

인류는 그렇게 지금까지 글쓰기를 통해서 새로운 세상을 구현해왔다. 앞서 예로 들었던 수많은 작가들의 수많은 저작이 그 증거다. 깊은 사유가 없이는 절대로 깊은 주제를 길어 올릴 수 없다. 오늘날 글쓰기가 약해진 것은 어쩌면 작가들이 사유를 게을리하는 때문인지도 모른다.

깊이 사유하라. 철학자가 되라. 삶의 다른 가능성을 모색하고, 새로운 세계를 탐구하라. 도저히 쓰지 않고는 배길 수 없을 것이다.

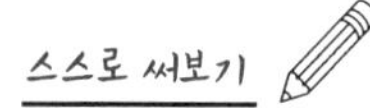

앞에 적었던 단어들 중에서 마음에 드는 한 단어를 골라 열 개의 서로 다른 관점으로 정의 내려보자. 열 문장 적기

예시 안경: 생계 수단(안경점 주인)

아름다움을 드러내는 장치(패션모델)

환자의 시력을 교정하는 의료 도구(의사)

Wings

글쓰기의 기술

날개

어떤 친구도, 어떤 지상의 인간도
이 책상만큼 그를 많이 알지 못했으며,
어떤 여자와도 그토록 많은 밤을
함께 보내지 않았다.
발자크는 바로 이 책상 앞에서 살았고,
이 책상 앞에 앉아서 죽도록 일했다.

- 슈테판 츠바이크, 《발자크 평전》 중에서

목적이 있는 글쓰기

글의 종류는 모두 몇 가지나 될까? 국어 시간에 배운 내용을 떠올려보자. 글의 종류에는 시, 소설, 수필, 희곡, 논설문, 설명문, 기사문, 보고문, 광고문, 안내문, 기행문, 관찰기록문 등이 있다고 배웠던 기억이 어렴풋이 나지 않는가. 하지만 시대가 지날수록 글의 종류는 더 다양해지고, 덩달아 책의 분야별 카테고리 역시 계속해서 늘어나고 있다.

서점에 가면 천장에 매달려 있거나 매대 위에 놓인 안내판을 보았을 것이다. 가정/취미/실용부터 시작해서 의학/건강, 경제/경영, 과학/기술, 만화, 문학, 사전, 사회과학, 수험서/자격증, 유아, 어린이, 외국어, 역사/문화, 인문, 예술/대중문화, 인물/평전, 자기계발, 잡지, 종교, 청소년, 컴퓨터, 대학 교재

등등 서점이나 도서관에 있는 도서 분류[23]는 사실상 우리 시대의 글쓰기 종류를 보여주는 하나의 지표이기도 하다. 물론 또다시 그 안에서 다양한 분류로 세분화되며, 이러한 구분도 시대마다 계속 달라진다.

글이 발표되는 매체에 따라서 작가라는 직업군도 점점 세분화되고 있다. 주로 소설가와 시인 위주의 작가 겸 기자 정도가 근대적인 작가의 직업 양상이었다면 이제는 방송작가, 구성작가, 시나리오 작가, 여행 작가, 자서전 작가, 홍보 작가, 카피라이터, 연설 작가, 만화 작가, 에세이스트, 칼럼니스트, 심지어 대필작가까지, 작가의 직업군도 계속 세분화되는 추세다.

---

23 한국십진분류법: 한국도서관협회(KLA)가 우리나라 도서관에서 사용하기 적합하도록 개발한 대표적인 십진분류법. 1964년 5월 제1판이 발행되었다. 한국십진분류법(KDC)의 주류는 기본적으로 듀이십진분류표(DDC)가 사용하는 주류에 바탕을 두고 있으나, 언어와 문학을 근접시킨 점 등이 특징이다. 1966년 수정판을 발행하였으며, 1980년에 제3판을 발행했다. 1990년대 들어와 새로운 학문 발달 등 환경 변화를 반영할 수 있도록 세목 부분을 새롭게 전개한 제4판이 1996년 발행되었다. 2009년에 들어와 학문의 급속한 발전과 사회현상의 끊임없는 변화로 인한 새로운 항목을 신설하고, 폭발적으로 증가하는 정보량으로 학문체계나 자료조직에 문제가 있는 분류 항목을 개정하고, 이제까지 한자 중심의 본문 구성을 전면적으로 수정해 한글화한 제5판이 발행되었다. - 국립중앙도서관 홈페이지.

예전에는 그냥 작가 한 사람이 소설도 쓰고, 시도 쓰고, 시나리오도 쓰고, 에세이도 썼다고 한다면 이제는 전문적인 자기 영역을 가지고 활동하는 전문 작가의 시대로 굳어지는 모양새다. 하지만 소설가 이만교는 습작생이 장르를 정해놓고 습작하는 것은 적절치 않으며, 글쓰기 혹은 예술가로서의 자유정신을 잃어버린 채, 장르 관습만 익힐 우려가 다분하다고 경계한다. 그는 오늘날과 같은 다종다양한 장르가 상생하는 시대에는 특정 장르에 얽매이기보다 장르 이전의 자유로운 글쓰기로부터 습작 훈련을 하는 것이 바람직하고 자연스럽다고 권하고 있다.[24]

일상적인 글쓰기의 함정

그러면 직업적인 작가가 아닌 일반인들의 경우는 어떨까? 과연 일반 대중들은 주로 어떤 글을 많이 쓸까? 일반인들이 많이 쓰는 글이라고 하면 흔히들 에세이를 먼저 떠올리는 것 같

---

24 p. 268, 이만교, 《글쓰기 공작소》, 그린비, 2009.

다. 그렇다면 에세이란 무엇일까?

글쓰기 모임을 함께하는 주변 사람들에게 물어보았다. 사람들이 생각하는 에세이란, 주제를 하나 던져주면 그에 관한 자신의 의견을 피력하는 글 정도로 이해하고 있는 듯하다. 사전적인 의미의 에세이란 수필을 뜻하는데, 일정한 형식을 따르지 않고 인생이나 자연 또는 일상생활에서의 느낌이나 체험을 생각나는 대로 쓴 산문 형식의 글을 일컫는다. 수필은 다시 경수필과 중수필로 나뉘고, 작가의 개성이나 인간성이 두드러지게 나타나는 유머, 위트, 기지奇智가 들어 있는 글을 의미하기도 한다.[25] 그렇다면 최근 들어 새로 생긴 에세이의 장르로, 인터넷 게시판 글이나 상품 후기 같은 것도 에세이에 포함될 수 있을까?

실제로 인터넷 쇼핑몰에서 상품 후기를 잘 쓰면 할인쿠폰이나 경품 당첨의 기회가 주어지는 만큼, 상품 후기야말로 일반인들이 가장 열을 올리는 글쓰기 장르가 된 것처럼 보일 정도다. 간간이 라디오 프로그램에 경품 응모를 해서 웬만한 집안 살림을 다 마련했다는 사람을 본 적도 있다. 실은 내가 아

25 국립국어원 국어사전에서 인용.

는 어떤 작가 중에는 아르바이트 삼아서 이런저런 경품이 걸린 백일장이나 인터넷 쇼핑 리뷰를 쓰고 용돈을 벌거나 필요한 물건을 마련하는 사람도 있다. 원고료로 버는 수입보다 그렇게 버는 수입이 더 많다고 하니 서글프기 짝이 없다. 반칙이지만, 현실이 그렇다.

그 밖에 또 어떤 이유로 일상생활에서 글을 쓰는지 글쓰기 모임에서 물어보았다. 주로 SNS 글쓰기가 압도적이었고, 포털 사이트나 보도 기사에 댓글 달기, 다이어리 쓰기 등이 많았다. 취미 삼아 소설을 쓰는 사람도 없지는 않고, 가끔씩 시를 쓴다는 친구도 있었지만 그것은 매우 드문 경우이고, 그 밖에 학생인 경우에는 리포트 작성이 주된 글쓰기의 이유였다. 학생과 직장인을 막론하고 가장 많이 쓰는 글은 인스턴트 메시지나 문자 메시지였다.

참 애매모호하다. 메모나 낙서도 글쓰기의 한 종류일 수 있고, 인스턴트 메시지나 문자 메시지도 아주 넓은 의미의 글쓰기 범주에 포함할 수는 있을 것 같다. 하지만 엄밀한 의미에서 제대로 격식을 갖춘 글쓰기라고 말하기는 어렵지 않을까? 도대체 일반적인 의미의 글쓰기라고 할 때 그 글이란 무엇을 뜻하는 걸까?

앞서 이야기한 에세이의 경우에도, 대학에 들어갈 때 쓰는 논술이나 취업할 때 쓰는 자기소개서 말고는 그다지 격식 있는 긴 글을 쓰지 않는 것이 오늘날의 현실인 듯하다. 이것저것 쓰는 건 많은 것 같지만, 실상은 별로 쓰지 않는 모순적인 시대다.

장르 실종 시대의 글쓰기

다종다양한 장르가 아니라 실은 장르 실종의 시대다. 매체의 발달에 따라, 또 글쓰기가 점점 더 대중화됨에 따라 다양한 글쓰기가 생겨나는 것은 엄연한 현실이다. 하지만 글쓰기의 깊이가 그만큼 얕아진 것 또한 부정할 수 없다. 앞서 2장 후반부에서 언급했듯 그것은 사유思惟의 부재 때문이다. 아무 때나 편리하게, 그것도 빠르게 글을 쓸 수 있다고 하지만, 그것은 글쓰기 수단과 매체에만 해당되는 이야기지, 글 자체를 쉽고 빠르게 쓰게 됐다는 뜻은 아니다.

결과적으로 일반 사람들에게 글쓰기란 격식을 갖춘 어떤 특정 양식의 글이라기보다는, 주로 인터넷과 전자 매체를 통한 일상적인 글쓰기를 의미한다고 보아야 맞다. 매일 쓰는 글이 이런 글들이라면, 굳이 글쓰기를 배워서 또 어떤 글을 쓰려는 걸까?

자신이 쓰고 싶은 글이 명확하지 않다는 것. 이것이 오늘날 많은 사람들이 글쓰기를 배우려는 이유인 동시에 글쓰기를 제대로 배우지 못하게 하는 걸림돌이다.

사람들은 더 이상 '소설을 잘 쓰는 법을 알고 싶어요'라든지, '좋은 시를 쓰려면 어떻게 해야 하나요?'라고 묻지 않는다. '내 책을 내고 싶어요'라고 말하는 사람은 많은데, '내 소설 작품집을 내고 싶어요'라든지, '내 에세이집을 내고 싶어요'라고 말하는 사람은 별로 없다. 그냥 글을 잘 쓰고 싶어 한다. 글쓰기를 가르치는 입장에서, 이것 참 난감하기 짝이 없다.

쓰고 싶은 글이 뭐죠?

나는 다시 물어보는 수밖에 없다. 자기가 쓰고 싶은 글이 뭔지도 모르는데 어떻게 글쓰기를 가르쳐줄 수 있단 말인가? 차라리 '인터넷 댓글을 잘 쓰고 싶어요'라든지, '상품 후기나 영화

리뷰를 잘 쓰고 싶어요'라고 콕 찍어서 말해주면 좋겠다. 그러면 얼마든지 가르쳐줄 수 있다. 혹은 글을 쓰고 싶은 이유를 말해줘도 된다. 예를 들어 '제 생각을 논리정연하게 적어보고 싶어요'논설문, 에세이, 보도 자료라든지, '어떤 사물이나 사건을 좀 더 풍부한 어휘를 사용해서 잘 묘사하고 싶어요'설명문, 에세이, 일기, 블로그 포스팅글 등라든지, '짧은 문장으로도 재치 있게 핵심 내용을 전달하고 싶어요'트위터, 댓글, 카피라이팅 등라고 말해주면 쓰려는 글의 장르를 찾기도 아주 쉬워진다.

앞에서 왜 써야 하는지 글쓰기의 이유와 목적을 찾아보라고 말했다. 이것을 다른 말로 바꾸면, 써야 하는 글의 장르, 즉 서술 양식이 무엇인지를 적절하게 결정하라는 뜻이다. 목적이 없는 글은 없다. 글의 목적을 찾으면 글의 장르도 정해지는 법이다.

물론 글의 장르에 상관없이, 모든 글쓰기에 해당하는 글쓰기 원칙은 존재한다. 앞서 58~59페이지에 소개했던 열 가지 글쓰기 규칙 같은 것이 그렇다. 하지만 그런 기본적인 글쓰기 규칙만 가지고서 탁월한 글을 쓰는 수준까지 올라가기는 매우 벅찬 일이다. 예를 들면 누가 '노래를 잘하고 싶어요'라고 했을 때 기본적으로 '박자를 잘 지키세요, 감정을 실으세요, 강약을 조절하세요' 같은 기본적인 원칙을 이야기해줄 수는 있겠지만, 그것만 가지고서 어디 가서 노래를 아주 잘한단 말을 듣기는 힘들다는 얘기다.

글쓰기의 기본 갈래

글을 쓰는 사람과 글의 목적에 따라서 나는 크게 글쓰기를 장르적 글쓰기와 비장르적 글쓰기의 두 갈래로 나누고, 그것들을 다시 문학적 글쓰기와 실용적 글쓰기, 자기성찰적 글쓰기와 일상적 글쓰기로 각각 구분해보고자 한다.이와 다른 구분법도 얼마든지 있을 수 있다.

1) 장르적 글쓰기

장르적 글쓰기란 오랫동안 존재해왔던, 전통적인 의미의 글쓰기에 가까운 글들을 포함한다. 이 글쓰기의 특징은 서술 양식을 명확히 구분할 수 있다는 점으로, 주로 전문적인직업적인 필자에 의해서 수행된다. 장르적 글쓰기는 각각의 글들이 가지는 장르적 특징이 뚜렷하게 나타난다. 여기서 다시 문학적 글쓰기와 실용적 글쓰기로 나눌 수 있다.

① 문학적 글쓰기: 문학 장르에 속하는 글들이 다 여기에 해당된다. 예를 들면 시, 소설, 에세이, 극본 등인데, 이 안에서 다시 순수문학과 장르문학으로 나누기도 한다.
② 실용적 글쓰기: 문학 장르에 속하지 않지만, 뚜렷한 서술양식을 가지면서 동시에 뚜렷한 목적이 강조되는 글들이다. 논설문, 설명문, 광고문, 보도 기사, 학술 논문 등이 여기에 속한다. 다시 상업적 글쓰기와 학술적 글쓰기로 나눌 수도 있다.

2) 비장르적 글쓰기

비장르적 글쓰기는 뚜렷한 서술 양식을 가지지 않으며, 전문적인 필자가 아닌 일반 대중도 얼마든지 수행할 수 있다. 크게 자기성찰적 글쓰기와 일상적 글쓰기로 나눌 수 있다.

① 자기성찰적 글쓰기: 글 쓰는 이가 스스로 글쓰기를 통해 브레인스토밍이나 생각 정리, 사물이나 사건의 이해, 학

습 효과, 감정적 효과카타르시스를 얻는 개인적인 글쓰기를 뜻한다. 일기나 낙서, 비밀 글 등도 여기에 속한다. 주로 필자 자신이 독자가 되는 개인적인 글쓰기다.

② 일상적 글쓰기: 뚜렷한 목적은 가지지 않지만, 메모나 편지, 인터넷 SNS 글쓰기 등 일상적인 생활과 인간관계를 기반으로 일어나는 사교적 글쓰기가 여기에 속한다. 일상적 글쓰기는 주로 비상업적인 생활의 편의를 목적으로 하거나, 친목 도모 등을 위해서 수행되며, 특별한 양식이나 전문성이 요구되지는 않는다.

이렇게 놓고 볼 때, 현대인들이 주로 수행하는 글쓰기는 비장르적 글쓰기이며, 입시나 취업, 혹은 특별한 계기로 인해서 쓰게 되는 글쓰기는 실용적 글쓰기라 볼 수 있겠다. 즉 글쓰기의 수요로 따진다면 일상적 글쓰기 〉 자기성찰적 글쓰기 〉 실용적 글쓰기 〉 문학적 글쓰기의 순서가 아닐까 싶다. 그렇다면 일상적 글쓰기나 자기성찰적 글쓰기와 같은 비장르적 글쓰기도 문학적 글쓰기나 실용적 글쓰기처럼 교육과 연습을 거치면 향상될 수 있는 걸까?

나는 충분히 가능하다고 생각한다. 그뿐만 아니라 비장르적 글쓰기는 장르적 글쓰기의 토대가 되는 경우가 많다. 따라서 평소에 비장르적 글쓰기를 잘 연마한 사람이라면, 장르적 글쓰기를 수행할 준비를 갖춘 셈이 된다.

글쓰기의 근육을 키우자

문제는 지속성이다. 어떤 글이든 지속적으로 연습하지 않으면 효과가 없다. 글쓰기 실력을 향상시키는 가장 기초적인 전제 조건은 바로 지속성이다. 인간의 근육은 쓰면 쓸수록 발달하듯이, 글쓰기의 근육도 쓰면 쓸수록 강해진다.

어떻게 하면 지속적으로 글을 쓸 수 있을까? 과연 끊임없이 쓰기만 한다고 해서, 정말로 글쓰기 실력이 나아지는 것일까? 어떻게 하면 비장르적 글쓰기에서 장르적 글쓰기로 넘어갈 수 있을까? 이제 구체적인 글쓰기의 연습 방법을 살펴보기로 하자.

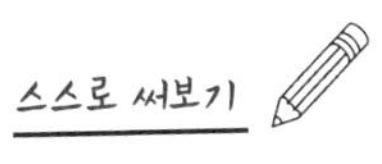

당신이 가장 많이 쓰는 글의 장르는 무엇인가? 또한 당신이 한 번도 써보지 않은 글의 장르는 무엇인가? 위의 장르 구분에 따라 각각 구분해보자. 가장 많이 쓴 이유는 무엇이고, 한 번도 써보지 않은 이유는 무엇일까?

1. 평소에 가장 많이 쓰는 글과 많이 썼던 이유

2. 한 번도 써보지 않은 글과 쓰지 않았던 이유

한 단어의 중요성

모든 것은 한 단어에서부터 시작한다. 한 단어에서 한 문장으로, 한 문장에서 한 문단으로, 한 문단에서 다시 한 편의 글로 부풀어 오른다. 마치 땅에 씨앗을 심었더니 새싹이 돋고 가지가 뻗어 나와 꽃을 피우고 열매를 맺듯, 그렇게 글은 한 단어를 뚫고 나와 마침내 한 편의 글로 우뚝 선다.

최초의 인간, 아담처럼

들짐승과 공중의 새를 하나하나 진흙으로 빚어 만드시

고, 아담에게 데려다 주시고는 그가 무슨 이름을 붙이는가 보고 계셨다. 아담이 동물 하나하나에게 붙여준 것이 그대로 그 동물의 이름이 되었다.

— 창세기 3:19, 공동번역성서

밀란 쿤데라가 그랬듯, 작가는 자신만의 단어 사전을 가져야 한다. 국어사전이나 백과사전에 나오는 기존의 정의定義가 아니라, 마치 모든 것이 이제 막 창조된 때의 아담이 그러했듯 모든 것의 이름을 내가 지어주는 것이다. 이 세상의 전부를 나의 언어로 다시 이야기하는 것, 이것이야말로 글쓰기의 가장 오래된, 확실히 검증된 방법이다.

글쓰기를 다시 정의해보자. 글쓰기의 사전적인 의미는 이렇다. 생각이나 사실 따위를 글로 써서 표현하는 일. 그러나 나는 글쓰기를 이렇게 정의하고 싶다. 글쓰기, 가장 나다운 순간이나 모습을 글로써 포착하는 작업. 또 이렇게 말할 수도 있다. 글쓰기, 보이지 않는 생각의 실타래를 눈에 보이도록 만드는 조각 기술. 당신에게 있어서 글쓰기란 어떤 의미인가? 당신만의 언어로 다시 정의해보자.

철학자 강신주는 《철학적 시읽기의 괴로움》이란 책에서 이렇게 말했다.

> 시인이나 철학자들은 자기 몸에 맞는 자기만의 옷을 만들어 입는 데 성공한 사람들입니다. 그래서 그들은 한 사람이 태어나는 순간 하나의 세계가 탄생한다는 사실을 알았던 사람들이라고 할 수 있습니다. … 그들로부터 제스처를 배워서 그것을 흉내 내서는 안 됩니다. … 이제 시인이나 철학자들을 선생님이나 정신적 멘토로 숭배하지 마세요. 그들이 남긴 시나 철학을 만고불변의 진리로 여겨 외우려고 해서도 안 됩니다. 중요한 것은 여러분의 삶이니까 말입니다. 여러분이 느끼고 고민했던 것을 있는 그대로 표현하도록 노력하세요. 언젠가 여러분도 자기만의 삶을 긍정하고 그것을 표현할 수 있는 시인이나 철학자가 되어 있을 테니까 말입니다.[26]

오스트리아 태생의 철학자 비트겐슈타인Ludwig Josef Johann Wittgenstein, 1889-1951은 《논리-철학 논고》에서, '나의 언어의

---

26 pp. 16-17, 강신주, 《철학적 시읽기의 괴로움》, 동녘, 2011.

한계는 나의 세계의 한계들을 의미한다'고 말했다. 그는 말하기를, 우리가 생각할 수 없는 것을 우리는 생각할 수 없으며, 그러므로 우리는 또한 우리가 생각할 수 없는 것을 말할 수도 없다[27]고 했다.

언어를 어떻게 이용하고 있는가? 나의 세계를 표현하는 데 충분히 사용하고 있는가? 언어의 한계까지, 내가 말할 수 있는 최대한으로 하나의 소우주인 나 자신을 표현해본 적 있는가?

내 소중한 단어: 언어 감수성

미국인들이 가장 많이 사용하는 단어를 찾아보면, 1위부터 the, of, to, and, a, in, is, it, you, that, he, was, for, on, are의 순서로 나타난다.[28] 한국어에도 이런 비슷한 조사가 있는데, 고려대 김흥규, 김범모 교수팀이 연구한 〈한국어 어휘 사용 빈도 통계〉에 따르면, 한국인들은 다음과 같은 순서로 자

27 p. 92, 비트겐슈타인, 《논리-철학 논고》, 이영철 옮김, 책세상, 2006.

28 http://www.world-english.org/

주 단어를 사용하는 것으로 조사되었다.

1위	사람
2위	때
3위	일
4위	말
5위	사회
6위	속
7위	문제
8위	문화
9위	집
10위	경우

우리나라 사람들은 '사람'이라는 단어를 가장 흔하게 사용하고, 그 밖에 때, 일, 말, 사회 등의 순서로 단어를 자주 사용한다. 2000년에 실시한 조사이기 때문에 지금 다시 조사해본다면 결과가 달라질 수도 있겠지만, 그래도 조사 내용을 살펴보면 대체로 고개가 끄덕여진다. 아닌 게 아니라 정말 그런 것 같다.

1위부터 10위까지 오른 단어들을 보면 정말로 우리의 생각과 생활에서 큰 비중을 차지하는 중요한 개념들을 나타내고 있다. 반대로, 정말 중요하지만 거의 말하지 않는 단어도 있을 것이다. 사용 빈도 통계 최하위를 차지하는 단어들은 무엇일까? 혹시 생각해본 적이 있는가?

내가 가장 자주 쓰는 단어가 무엇인지, 또 내가 한 번도 쓰지 않은 단어는 무엇인지 생각해보자. 내가 가장 좋아하는 단어는 무엇이고, 내가 가장 싫어하는 단어는 무엇인가? 나와 가장 친근한 단어는 무엇이고, 내가 가장 불편해하는 단어는 또 무엇인가? 내가 가장 가볍다고 생각하는 단어는 무엇이고, 가장 무겁다고 여기는 단어는 무엇인가? 이것이 바로 표현력이고, 언어적 감수성이다.

언어유희言語遊戲를 즐기는 사람일수록 언어적 감수성이 풍부하거나 민감한 사람일 확률이 높다. 이것은 한편으로 타고나는 것일 수도 있지만, 또 한편으로는 연습을 통해 획득할 수 있다. 한 단어가 가지고 있는 중의성重義性이나 동음이의同音異義, 운율과 연상 작용을 적극적으로 활용하는 것이다.

하나의 사물에 대해서 깊이 탐구해 들어가는 것은 사유에 해당하지만, 하나의 사물을 나타내는 언어, 즉 한 단어에 집중하는 것은 또 언어적 훈련에 해당한다. 무엇을 쓸 것인가를 고민할 때는 사유가 필요하지만, 어떻게 쓸 것인가에 있어서는 언어적 훈련도 필요하다.

글쓰기는 언어를 도구 삼아서 수행하는 작업임을 잊지 말자. 따라서 글쓰기 역시 말하기처럼 충분한 어휘 구사력이 뒷받침될수록 더 좋다. 그런데 이것은 말하기에서 요구되는 어휘 구사력과는 또 다른 종류의 것이다. 흔히들 말을 잘하는 사람이면 글도 잘 쓰겠거니 하지만, 말을 잘하는 사람들 중에서 뜻밖에 글쓰기의 어려움을 호소하는 경우가 많다. 오히려 눌변인 사람들 중에 글쓰기가 능숙한 사람들이 더 많다. 말하기에서 필요로 하는 언어 감수성과 글쓰기에서 요청하는 언어 감수성이 다르기 때문이다. 어떻게 다를까?

말과 글

말은 시간의 언어이고, 글은 공간의 언어다. 말은 실시간으로 허공을 깨뜨리며 다가오고, 글은 오직 내 생각을 울리면서 나와 한 공간에 머무른다. 말에는 높낮이가 있지만, 글에는 길고 짧음이 있다. 말에는 감정이 실리지만, 글에는 생각이 실린다.

말을 할 때는 목소리청각와 표정시각의 영향을 받는다. 듣는 이가 한 명일 수도 있고 여러 명일 수도 있지만, 어쨌든 특정한 장소와 대상을 가진다는 점에서 환경의 영향을 받는다. 반면 글은 기본적으로 시각적으로만 전달되고, 그림이나 이미지를 활용할 수 있으며, 시간과 장소의 제약은 받지 않는다. 어떤 의미에서는 전하려고 하는 내용에만 집중하기 때문에 부담이 훨씬 덜할 수 있다.

이런 점에서 말을 잘하는 사람들은 글쓰기가 더 답답할 수 있다. 제스처나 표정, 듣는 이와 상황에 맞는 즉각적인 대응, 목소리와 성량 조절 등 효과적인 내용 전달을 위한 다양한 도구들을 정작 글쓰기에서는 제대로 활용할 수 없기 때문이다. 마틴 루터 킹 목사의 명연설, 〈나에게는 꿈이 있습니다I have a dream〉를 현장에서 육성으로 듣는 것과 그저 글자로만 읽었을 때 드러나는 차이를 생각해보면 된다. 똑같은 언어를 사용해도 전혀 다른 양상이 펼쳐지는 것이다. 따라서 글쓰기는 글이 가지고 있는 본질적인 글의 특성을 최대한 활용하는 방향으로 진행되어야 한다.

들을 때는 멋있는 말이었는데, 써놓고 보면 별것 아닐 때가 있다. 들을 때의 분위기와 상황, 말한 이와 나의 관계, 목소리와 표정, 제스처 등이 다 사라졌기 때문이다. 반대로, 책에서 굉장히 멋있는 문장을 발견했는데, 막상 누군가에게 말해주면 별것 아닌 말처럼 되어버릴 때도 있다. 전체 글이 가지고 있는 논리와 흐름이 오히려 적절하지 못한 상황과 분위기에서 적당하지 않은 목소리와 표정으로, 별로 관심 없는 사람에게 말했을 때 그렇다.

말과 글은 전혀 다른 것이다. 이 점을 잊지 말자.

비장르적 글쓰기 연습

비장르적 글쓰기는 크게 자기성찰적 글쓰기와 일상적 글쓰기로 나눌 수 있다고 했다. 이것은 내용에 다른 구분이다. 비장르적 글쓰기를 다시 글의 서술 양식에 따라서 나눈다면, 산문散文과 운문韻文으로 나눌 수 있다.

한 단어를 기준으로 설명해보자면, 산문은 한 단어에서부터 시작해 산산이 풀어 헤치면서 확장해가는 글쓰기 기법을 사용하고, 운문은 한 단어를 향해서 여러 단어에서 한 단어로 최대한 압축해 들어가는 글쓰기 기법을 사용한다. 글의 종류가 무엇이든지 간에, 글쓰기 방법에는 산문과 운문의 두 가지 글쓰기 기법이 존재한다.

산문 글쓰기는 주로 논리적 글쓰기와 관련이 있고, 운문 글쓰기는 주로 감정적 글쓰기와 연관이 있다. 산문 글쓰기는 원인과 이유를 밝히거나 사물을 자세히 설명하는 장문 글쓰기에 적합하고, 운문 글쓰기는 핵심을 전달하는 광고문이나 카피라이팅, 언어유희나 인터넷 댓글, 트위터 같은 단문 글쓰기에 적합하다. 물론 장르적 글쓰기나 전문적인 글쓰기에서는 두 가지 기법을 모두 필요한 대로 활용한다. 글쓰기를 처음 연습한다고 했을 때는, 이 두 가지 기법을 각각 연습하는 것부터 시작하기를 권한다.

1) 산문 글쓰기 연습

가장 광범한 의미의 글쓰기 기법이다. 특정한 몇몇 글을 제외하면 거의 모든 종류의 글은 산문 글쓰기로 쓰인다. 앞서도 이야기했듯 산문은 한 단어에서 시작해 글의 내용을 계속해서 확장해나가는 흐름을 가진다.

예를 들어 '인간'이라는 제시어가 있다. 그러면 글 쓰는 이는 이 제시어를 어떤 방향으로 확장할 것인지 먼저 글의 방향부터 결정해야 한다. 글의 방향은 맨 마지막 결론에 이르렀을 때, 글을 다 읽은 독자가 어떤 반응을 보이게 할 것인지와 연관이 있다.

① 글의 출발점 정하기: 이때는 한 문장으로 자신이 의도하는 바를 표현해보는 것이 좋다. 의문문의 형식으로 표현한다면 의문에 대답하는 형식으로 결론이 글의 가장 마지막 부분에 등장하는 미괄식 글이 될 것이고, 평서문의 형식으로 표현한다면 이것이 어째서 그런 것인지를 각각 설명하는 두괄식 글이 될 것이다. 예를 들면, 인간은 왜 혼자서 살 수 없는 것일까? 글쓴이가 글을 통해서 가장 밝혀내고 싶은 질문이 이것이라면 정말로 인간은 혼자서 살 수 없는 것인지 살펴보면서 결론을 향해 갈 수 있는데, 이때 결론은 '따라서 인간은 혼자서는 살 수 없다'고 서두의 질문을 긍정할 수도 있고, 또는 '혼자서 살 수 없는 줄 알았는데, ~~한 이유 때문에 사실은 혼자서도 얼마든지 살 수 있다'라고 하는 전혀 새로운 결론으로 글

을 끝맺을 수도 있다. 글의 결론을 미리 가지고 있는 경우라면 평서문의 주제 문장에서 시작하는 것이 적절하고, 글의 결론을 글쓰기를 통해서 찾아내기 원하는 경우라면 의문문의 주제 문장에서 시작하는 것이 적절하다.

② 글의 성격 정하기: 산문은 위에서 보았듯이 하나의 주장을 입증하거나 하나의 사물을 설명하는 식으로 전개된다. 이 글이 어떤 목적으로 어떤 독자들에게 읽힐 것인지에 따라 글의 성격이 정해진다. 가령 '인간은 혼자 살 수 없다'는 주제로 싱글 남녀에게 이야기하는 것과, 커플인 남녀에게 이야기하는 것은 전혀 다른 성격의 글이어야 한다. 어린이들에게 이야기하는 것과 노인들에게 이야기하는 것 또한 전혀 다른 용어와 다른 수준의 내용을 필요로 한다. 혼자서 읽을 것인지 아니면 불특정 다수와 함께 읽을 것인지도 글의 성격을 달리하는 이유가 된다. 혼자서 읽는 글이라면 특정인의 실명을 그대로 사용할 수도 있겠지만, 불특정 다수가 읽는 글이라면 하나의 예화처럼 익명으로 서술해야 할 것이다. 글을 쓰는 목적과 특히 글을 읽는 대상에 따라, 써야 할 글의 성격부터 먼저 파악하자.

③ 글의 도착점 정하기: 글의 출발점과 글의 성격이 정해졌다면 이제부터는 본문을 하나하나 써 내려가면 된다. 본문을 쓰는 방법에 대해서는 뒤에서 다시 설명하도록 하고, 여기서는 어디까지 풀어 헤칠 것인가, 글의 도착점을 정하는 것을 이야기하고 넘어가겠다.

어떤 글도 완벽할 수는 없다. 쓸 수 있는 내용과 분량은 어느 정도 선에서 정해질 수밖에 없다. '인간은 혼자 살 수 없다'는 글을 A4 한 장 이내로 적는 것과 A4 100장 이내로 적는 것은 엄청난 차이가 발생한다. 따라서 글을 시작하기 전에 이미 어느 정도 선에서 이 글을 끝낼 것인지에 대한 글의 도착점을 정해야 한다. 밑도 끝도 없이 계속 쓰게 되면 어느 지점인가, 내용이 빈약해지거나 앞선 내용이 이유 없이 반복되는 현상이 일어난다. 그러면 거기서 더 가서는 안 된다. 거기서 멈추는 것이 맞다. 만약 정해진 분량을 다 채우기도 전에 이런 현상이 일어난다면, 필요한 자료와 내용을 더 공부하고 습득해서 채워야 한다.

분량의 문제 말고 또 있다. 글의 결론이다. 글을 쓰는 목적이 무엇이냐에 따라서 글의 결론이 달라진다. 단순히 지식을 알려주는 것인지, 지식을 통해서 특정한 행동을 유발하는 것인지, 독자를 도발하는 글인지, 아니면 설득하는 글인지에 따라서 결론 내려야 할 지점이 제각각 달라진다.

2) 운문 글쓰기 연습

원래 운문의 의미는 운을 맞춘다는 의미가 있어서 지금의 운문과는 좀 다른 의미를 가졌었는데, 오늘날에는 보통 시적詩的 글쓰기를 운문이라고 통칭한다.

운문 글쓰기의 요령은 한 단어로 압축해 들어가는 것이다. 이를테면 '인간'이라는 제시어가 있다고 했을 때 각각의 모든 문장들이 인간이라는 제시어를 가리키도록 해야 한다. '인간'이라는 자작시를 짓는다고 해보자.

> 인간,
> 배고픔은 견디면서 외로움은 견디지 못하는 연약한 자,
> 사람과 사람 사이에서만 존재할 수 있는 자,
> 고독을 무서워하면서도 남을 고독하게 만드는 자,
> 그것.

이런 식으로 각각의 문장들이 다른 관점에서 동일하게 인

간이라는 제시어를 다시 정의함으로써 인간이라는 한 단어의 의미를 더욱 풍부하게 만들면서 압축해가는 것이다. 광고문의 헤드 카피나 홍보글, 또는 인터넷 댓글을 쓸 때에도 이러한 압축적 글쓰기가 위력을 발휘한다.

운문 글쓰기의 핵심은 압축이다. 이때는 글의 핵심 단어를 포착하는 것이 매우 중요하고, 여러 가지 다양한 관점에서 반복적으로 서술하는 것이 좋은 운문 글쓰기의 연습 요령이 된다.

스스로 써보기 

마음에 드는 단어를 하나 고른 뒤, 각각 산문과 운문으로 적어보자. 산문은 한 단어에서 점점 더 확장하는 방식으로, 운문은 계속해서 한 단어를 압축하는 방식으로 적어야 한다.

산문

운문

엉덩이의 힘

진 파울러라는 미국의 작가이자 배우는 이렇게 말했다.

> 글을 쓰는 것은 쉬운 일이다. 이마에 피땀이 맺힐 때까지 그저 텅 빈 종이를 바라보고 앉아 있기만 하면 되니까.

우리는 글을 쓴다는 것이, 글을 쓰기 전의 시간과 글을 다 쓰고 난 이후의 시간까지 포함한다고 했다. 그러므로 진 파울러의 저 말은 틀린 말이다. 하지만 아주 틀린 말은 아니다.

글을 쓰기 전에 미리 글쓰기를 준비했다고 해서 한숨에 글을 다 써 내려가는 경우는 거의 없다. 나의 경험상 오히려 글을 쓰다 보니 애초에 내가 미리 생각한 것이 잘못되었음을 확인할 때가 더 많다. 내가 의도한 분량에 도달하기도 전에 생각한 글감이 다 떨어져버리는 때도 허다하다. 그뿐만 아니라 뭘 써야 할지 분명히 알고 있는데도, 그것을 쓰기 위해서 건너가야 할 중간 지점들에 구멍이 뻥뻥 뚫려 있던 적도 수두룩하다.

글쓰기는 어렵다. 그것도 매우 어려운 일이다. 하지만 너무 걱정할 필요는 없다. 나만 어려운 게 아니라, 누구나 다 어렵기 때문이다.

글쓰기는 노동이다

글을 잘 쓰는 사람은 많다. 하지만 잘 쓴 글은 그보다 적다. 글을 못 쓰는 사람은 많다. 하지만 잘 쓴 글은 그보다 더 많다. 무슨 말이냐면 글을 잘 쓰는 사람이라고 해서 늘 글을 쓰는 것은 아니며, 글을 못 쓰는 사람이라고 해서 늘 글을 안 쓰는 건 아니라는 뜻이다. 바꿔 말하면, 글을 잘 쓰는 사람이든 못 쓰는 사람이든 일단 글을 써야 그 사람이 글을 잘 썼는지 못 썼는지 평가할 수 있다. 글을 잘 쓰는 사람이라고 암만 떠들고 다녀도, 그 사람이 실제로 글을 쓰지 않으면 아무 소용이 없다는 뜻이다. 반대로 글을 못 쓴다고 말하지만 항상 글을 많이 쓰는 사람이라면, 그중에 좋은 글 한두 편은 반드시 있기 마련이고, 그런 와중에 점점 글쓰기 실력이 향상될 것은 당연한 이치다. 글은 먼저 쓰는 사람이 무조건 이긴다.

아무리 머릿속에 명문장이 가득하다고 해도 쓰지 않으면 아무 소용이 없다. 글쓰기가 숭고한 노동인 것은 오직 완성된 글만이 세상에 나올 수 있다는 엄연한 진리 때문이다. 글을 아무리 잘 쓰는 사람이라도 몸을 움직여서 글을 쓰지 않으면 글을 안 쓴 것이다. 글을 아무리 못 쓰는 사람이라도, 계속해서 글을 써내다 보면 좋은 글을 쓰기 마련이다.

쓴 사람이 이기고, 안 쓴 사람은 진다. 이것이 바로 글쓰기의 진리다.

아무리 훌륭한 글쓰기 선생님을 초빙해서 아무리 훌륭한 비법과 강의를 듣는다 할지라도 쓰지 않으면 아무 소용이 없다. 나는 이 사실이 참 무섭다. 글쓰기는 언제나 내가 노동한 만큼 얻어지는 결과물이지, 그저 생각만 한다고 해서 얻을 수 있는 것이 아니라는 사실이다.

이것은 너무나도 당연한 것이라서 굳이 이야기할 필요조차 없다. 하지만 오늘날의 많은 사람들이 이 당연한 글쓰기의 진리를 잊어버리고 사는 것 같다.

글쓰기는 노동이다. 체력과 시간이 소모되는 작업이다. 프랑스의 위대한 작가 발자크Honoré de Balzac, 1799-1850는, 51세라는 많지 않은 나이에, 그것도 작품을 쓴 기간으로만 따진다면 20년이라는 시간 동안 무려 100여 편의 장편소설과 30여 편의 단편소설, 5편의 희곡을 쓴 사람이다. 그는 노트북을 사용하지도 않았고, 타자기를 쓴 적도 없다는 점을 기억해보라. 그는 오로지 손을 놀려 펜으로만 작업했다. 그는 20년 동안 매일 밤 12시부터 저녁 8시까지 글을 썼다. 사실상 발자크는 잠자는 시간과 저녁에 사람들을 만날 때 외에는 거의 모든 시간에 글을 썼다.

> 발자크의 달력은 자기 시대와 같았던 적이 없었다. 다른 사람들에게 낮이었던 시간은 그에게 밤이었고, 다른 사람들에게 밤이었던 시간이 그에게 낮이었다. 일상적인 세계가 아니라 스스로 만들어낸 자신만의 세계에 바로 그의 진짜 존재가 있었다. 진짜 발자크에 대해서는 그의

노동 감옥의 벽 네 개 이외에는 그 누구도 알지도 보지도 듣지도 못했다. 그의 동시대 사람 누구도 그의 진짜 전기를 쓸 수 없었다.[29]

발자크는 글쓰기가 노동이라는 사실을 그 누구보다 잘 이해했던 사람이었다. 그는 철저하게 작가로 살았고, 커피가 그의 동료가 되어주었다. 발자크는 하루에 4~50잔의 커피를 마신 것으로 유명한데, 그가 커피중독자였기 때문만은 아니었다.

한밤중에 일어나 여섯 자루의 촛불을 켜고 써 내려가기 시작한다. 시작이 반. 눈이 침침해지고 손이 움직이지 않을 때까지 멈추지 않는다. 4시간에서 6시간 정도가 훌쩍 지나간다. 체력에 한계가 온다. 그러면 의자에서 일어나 커피를 탄다. 하지만 실은 이 한 잔도 계속 글쓰기에 박차를 가하기 위함이다. 아침 8시에 간단한 식사. 곧 다시 써 내려간다. 점심시간 때까지. 식사. 커피. 1시부터 6시까지 또 쓴다. 도중에 커피로 힘을 내면서…

29 p. 235, 슈테판 츠바이크, 《발자크 평전》, 안인희 옮김, 푸른숲, 1998.

그것은 빚 때문이었다. 발자크에게는 사업 실패로 인한 막대한 빚이 있었다고 한다. 그에게 있어서 글쓰기는 말 그대로 생계를 꾸려가기 위한 노동이었다. 조금이라도 더 많이 쓰는 것이 좀 더 많이 버는 방법이었다. 발자크는 독한 터키쉬 커피를 자신만의 블렌딩으로 마셨다. 좀 더 많은 글을 쓰기 위해서였다.

직장인들은 직장 생활을 기준으로 삶을 꾸리고, 학생들은 공부를 중심으로 하루 일과를 살아간다. 작가는 글쓰기를 삶의 한가운데 놓고, 오로지 글쓰기를 위해서 하루하루를 살아가는 사람이다.

글쓰기가 삶의 중심이 아닌 대부분의 사람들은 당연히 글쓰기에 맞지 않는 생활 습관Life Style을 가지고 산다. '글을 좀 쓰려고 해도 시간이 안 나요.' 이렇게 말하는 사람들이 시간이 없는 이유 거의 전부는 글쓰기가 본업이 아닌 탓이다. 물론 생업을 제쳐두고 글을 쓰라는 뜻은 아니다. 글쓰기도 엄연한 노동인 이상 글쓰기를 위한 적절한 노동 여건을 만드는 일이 중요하다는 뜻이다. 무엇보다 글 쓰는 시간을 확보하지 않으면 안 된다. 앉아서 한 글자도 못 쓸망정, 글쓰기 시간을 정해놓고 그 시간만큼은 책상 앞에 앉아야 한다. 앉아서 오로지 글쓰기만 생각하면서 시간을 보내는 것이다. 일단 시간이 확보되고 나면, 처음에는 한 글자도 못 적었을지라도 점차 한 단어, 두 단어 쓰기 시작할 것은 당연한 이치다. 글 쓰는 습관은 글을 써야 들일 수 있는 습관이 아니다. 그것은 순전히 앉아 있는 습관을 의미한다.

쓰고 싶은
삶에서
쓰는 삶으로

강연이나 강의를 진행하면, 오랫동안 글을 쓰고 싶어 했던 분들을 많이 만나게 된다. 글쓰기가 좋았고, 늘 글을 쓰고 싶어서 이런저런 공부도 하고 나름대로 글을 써보기도 하셨단다.

"지금 글을 쓰고 계세요?"

열에 아홉은 그때뿐이었다고 대답하시고, 간혹 지금도 글을 쓰고 계시다는 분이 있기는 하다. 그때 내가 도움을 드릴 수 있는 사람은 지금도 글을 쓰고 계시다는 분, 그분뿐이다. 지금 쓰는 글이 없는데 글쓰기를 도와드릴 다른 방법은 마땅치가 않다. 설령 글쓰기 요령을 가르쳐드린다고 해도 그분이 글을 쓰는 시간을 전혀 낼 수 없다면 말짱 도루묵이다. 쓰고 싶은 삶은 글쓰기에 별 도움이 되지 못한다. 쓰는 삶이라야 한다.

그러면 무작정 쓰기만 하면 되는 겁니까?

일단 쓰는 것만으로도 절반의 성공은 거둔 셈이다. 나머지 절반은 쓰면서 얻을 수 있다. 똑같은 문장을 백 번 쓰는 것과, 똑같은 내용을 다른 백 개의 문장으로 쓰는 것은 엄청난 차이다. 이때까지는 똑같은 문장을 백 번 썼다면, 이제부터는 똑같은 내용의 다른 문장 백 개를 적어야 한다.

습작習作을 하는 데는 여러 가지 방법이 있다. 삶에는 삶결이 있듯, 글에도 글결이 있다. 습작이란 단순한 글쓰기 연습이 아니라 나의 글결을 찾아내고 다듬는 작업이다. 여기에서는 내가 작가 지망생 시절부터 애용하던 습작 방법 세 가지를 소개하고 싶다. 사람마다 체질이 다른 것처럼, 자신에게 잘 맞는 방식으로 소화하기를 권해드린다.

1) 필사 연습(베껴 쓰기)

그림도 따라 그리는 것이 도움이 되는 것처럼, 문장도 따라서 써보는 것이 일정한 도움이 된다. 한 편의 글을 처음부터 끝까지 써본다는 것도 필사를 통해서 얻을 수 있는 중요한 글쓰기 경험이다. 작가의 글을 베껴 쓰면서 글이 어떤 호흡으로, 어떤 흐름을 가지고 흘러가는지 살펴보는 것도 필사를 통해서 얻을 수 있는 좋은 글쓰기 공부다.

그런데 필사할 때의 주의 사항은 아무래도 필사 대상을 선정하는 것이다. 유명한 작가라고 해서 모두 유익한 필사를 보장하지는 않는다. 쉽게 말하면 필사에도 궁합이 있다. 나는 이것을 글결이 잘 맞는다고 표현하고 싶다.

내가 중학생 무렵에는 번역서든 어떤 장르든 유명한 작가의 작품이라고 하면 무조건 필사부터 하고 보았다. 남녀노소를 가리지 않고, 오로지 작가의 유명세만을 기준으로 삼았다. 이 시절의 필사 연습은 내 글쓰기에 있어서 거의 도움이 되지 못했던 걸로 기억한다. 다 썼다는 성취감 외에는 아무것도 남은 것이 없었다. 그마저도 억지로 다 써야 한다는 압박감이 더 많았다. 다 썼다, 그러니까 이제 해방이다 같은 느낌이었다. 또 쓰고 싶어지지가 않았다. 차일피일 미루다가 또 한 권을 집어 들고 간신히 썼다. 쓰다가 도저히 재미가 안 나서 중간에 포기해버린 적이 대부분이었다. '나는 글쟁이가 아닌가 보다' 하고 낙심한 적도 여러 번이었다.

그러다가 나를 붙잡아 준 책이 바로 소설가 김영하1968- 의 작품이었다. 단편 〈엘리베이터에 낀 그 남자는 어떻게 되었나〉를 만나고부터 나는 그의 작품만 필사하기 시작했다. 김영하의 작품이 나올 때마다 나는 혼자 키득키득거리면서 베껴 적었다.

> 살다 보면 이상한 날이 있다. 그런 날은 아침부터 어쩐지 모든 일이 뒤틀려 간다는 느낌이 든다. 그리고 하루종일 평생에 한 번 일어날까 말까 한 일들이 마치 기다리고 있었다는 듯 하나씩 하나씩 찾아온다. 내겐 오늘이 그랬다.[30]

지금 생각해보면 나하고 글결이 잘 맞았던 것 같다. 나는 비로소 한 문장, 한 문장 곱씹으면서 필사를 하게 되었다. 그리

30 P. 101, 김영하, 《엘리베이터에 낀 그 남자는 어떻게 되었나》, 문학과지성사, 1999.

고 그다음 만난 작가가 소설가 김종광1971- 이었다. 그의 첫 번째 소설집 《경찰서여 안녕》은 내게는 마치 빛나는 보물을 발견한 느낌처럼 황홀하게 다가왔다. 그의 삶은 나와 달랐고 그의 글결 역시 내게는 낯설었지만, 나는 어떻게든 그의 글을 훔치고 싶어졌다. 소설 써서 먹고사는 사람이 되고 싶었다는 그의 고백이 나의 삶을 사로잡았다. 구수한 충청도 사투리와 '낙서'에 대한 그의 기발한 시각, 정말로 먹고살기 위해서 저 바깥세상 어딘가에 실제로 존재하고 있을 것만 같은 그의 주인공들이 나를 가르쳤다. 그 외에도 필사를 시도했던 작가는 많이 있었지만, 나는 이 두 작가의 필사만이 내 글쓰기 연습에서 제대로 된 의미의 베껴 쓰기였다고 생각한다. 필사를 통해 아무것도 배울 수 없다면 차라리 그냥 집중해서 읽는 편이 더 낫다고 생각한다.

2) 다시 쓰기 연습

무엇이든 정반대로 바꿔보는 것이다. 줄거리를 바꿔도 되고 주인공을 바꿔도 좋다. 소품을 바꿔도 좋고 앞뒤를 바꿔보아도 좋다. 이것은 기존의 글을 이용한 다시 쓰기 연습이다. 심지어 나는 한 문장을 일본어로도 써보고 중국어로도 써보왔다. 나 자신이 한문학과 출신이고 일본 직장 생활 경험이 있어서 이런 시도도 자주 해보곤 했다. 여자 주인공인 경우 남자 주인공으로 각색해서 썼다. 루시 모드 몽고메리의《빨강머리 앤》을, 남자 주인공 이야기로 바꿔보거나, 앤을 입양한 매튜와 마릴라가 남매가 아닌 부부였다고 가정해보기도 했고, 또 그들이 주인공인〈매튜와 마릴라〉라는 글로 다시 써보기도 했다. 이때는 국내서보다 번역서가 훨씬 더 유용했다. 아무래도 국내서는 상상의 여지가 좁아지는 느낌이었다.

그렇게 다시 쓰기 연습을 하면서 모르는 것이나 궁금한 것이 생기면 잡학다식으로 공부를 했다.《삼국지》를 다시 쓸 때는 고대 중국의 역사와 문화를, 헤르만 헤세의《수레바퀴 아래서》를 다시 쓸 때는 근대 독일과 유럽에 대해서 공부하게 되었다. 여성 작가의 글이나, 여성 주인공을 남성으로 바꿀 때에는 남녀의 차이를 많이 실감했다. 이렇게 기존 작품을 다시 써보면 내가 모르는 것은 무엇인지, 왜 작가는 이렇게 설정을 했던 것인지, 작가와 대비되는 나의 관점은 무엇인지가 잘 드러난다. 말하자면 다시 쓰기 연습은 문장 연습이라기보다는 구성 연습이라고 말할 수 있겠다.

3) 거듭 쓰기 연습

이것은 다시 쓰기 연습과는 좀 다른데, 한 편의 글을 여러 가지 다양한 장르로 거듭해서 적어보는 연습이다. 이것은 순전히 내 글을 가지고 시도했었다. 이를테면 중학교 3학년 때 장난삼아 쓴 〈수학 없는 세상에 살고 싶다〉라는 시가 있었는데, 이 시를 다시 단편소설로도 써보고 수필로도 써보고 논설문으로도 써보고 편지로도 써보았다. 이렇게 하자 이 글이 어떤 그릇장르에 담겼을 때 가장 적절한지, 글의 내용에 맞는 장르적 특성에 대해서 이해할 수 있게 되었다.

여러 가지 장르를 탐험하면서, 내게 잘 어울리는 장르가 어떤 것인지, 또 나는 어떤 장르의 글쓰기를 가장 힘겨워하는지도 깨달았다. 나는 시와 논설문이 가장 편하고 소설이 가장 어렵다. 그런데 아이러니하게도 가장 쓰고 싶은 글이 소설이고, 시와 논설문은 그다지 쓰고 싶은 마음이 크지 않다. 아마도 아직 정복하지 못한 것에 대한 욕구일 수도 있겠다. 물론 내 공부가 짧은 탓이 가장 크겠지만.

그래서 나는 지금도 소설 쓰기 연습을 한다. 논설문이나 칼럼, 에세이는 굳이 연습하지 않고 쓴다. 하지만 소설은 아직도 미숙하다는 생각이 든다. 이런 식으로 내게 익숙한 글이 될 때까지 끊임없이 장르를 연습하는 것이 중요하다.

세 가지 습작 방법을 소개했지만 한 번 더 강조하고 싶다. 실제로 글을 써야 한다. 무엇보다 엉덩이의 힘이 전제되지 않으면 세 가지가 아니라 서른 가지 방법이라도 소용없다는 사실을 잊지 말자. 엉덩이에 힘을 꽉 주고, 1시간이면 1시간, 2시간이면 2시간, 작정한 시간 동안만큼은 글을 쓰려고 최선을 다해 몸부림쳐라. 엉덩이의 힘이다. 엉덩이의 힘이 없으면 글쓰기는 말짱 꽝이다. 어떻게 하면 글쓰기에 몰입해서 엉덩이를 딱 붙이고 앉아 있을 수 있을까?

그건 아마도 절실함일 것이다.

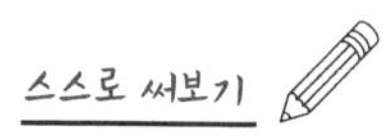

나와 글결이 어울릴 것 같은 작가의 작품을 하나 선정한 뒤, 베껴 쓰기, 다시 쓰기, 거듭 쓰기의 3가지 습작 방법으로 연습해보자. 이왕이면 같은 본문으로 써보는 것이 효과적이다.

Navigation

수정과 퇴고

항법 장치

포기는 중단과 근본적으로 다르다.
중단은 늘 하는 것이지만,
포기는 그것으로서 마지막이다.
포기한다는 것은 다시 시작하지
않는다는 것을 의미한다.
시작하고 또 시작해야 하는 것이
예술인 것을.

– 데이비드 베일즈/테드 올랜드, 《예술가여, 무엇이 두려운가》 중에서

쓰다가 때려치우고 싶을 때

《기다림》, 《전쟁 쓰레기》, 《자유로운 삶》, 《멋진 추락》 등의 작품으로 미국 플래너리 오코너 단편문학상, 펜 헤밍웨이상, 펜 포크너상 등을 수상한 미국 소설가 하진Ha Jin, 1956- 은 20살 때 처음 영어를 배우고 85년 영문학 박사학위를 받은 중국인이다. 그는 미국인조차 어려운 일을, 중국인으로 해내고 있다. 그것은 바로 영어로 소설을 쓰는 일이다.

1989년 천안문 사태 때문에 미국에 남기로 결심한 하진은 그때부터 영어 소설을 쓰기 시작했다.

하진은 원래 영어를 잘하는 편이 아니었다고 한다. 20살 무렵 군대를 제대하고서 철도회사에 다니던 중, 새벽에 듣던 라디오 영어 교육 프로그램으로 난생처음 영어 공부를 시작했다. 그게 계기가 되어서 하진은 대학에 입학해 본격적으로 영어 공부에 몰두했다. 물론 열심히 공부했겠지만, 영어 조기 교육을 받은 것도 아닌 그가 에모리 대학 영문과 교수를 거쳐 지금은 보스턴 대학 영문과 교수로 재직 중이다. 그것만 해도 대단한 일인데, 그는 영어로 소설을 쓰고 각종 문학상을 휩쓸기까지 했다. 그는 과연 천재일까? 언어에 엄청난 재능을 가지고 있는 걸까? 내가 보기에 오늘의 그를 만든 건 순전히 노력의 힘이다. 그리고 그의 소설을 지탱하는 가장 큰 힘은 다름 아닌 퇴고에 있다.

고치고
또
고쳐라

하진은 어느 인터뷰에서, 자신은 자신이 쓴 모든 작품을 최소한 20번 이상 읽고 고친다고 말했다. 글은 원래 고치는 만큼 좋아지는 법이다. 사실 헤밍웨이도《무기여 잘 있거라》를 최소한 39번 이상 고쳤다고 말했다. 헤밍웨이는 '모든 초고는 쓰레기다'라는 말로도 유명하다. 그렇다. 글쓰기가 어려운 까

닮은, 처음부터 명작을 쓸 수 있는 사람이란 아무도 존재하지 않기 때문에 그렇다.

글을 쓰다 보면 하루에도 몇 번씩 그만두고 싶을 때가 있다. 글을 쓰는 것 자체가 힘들 때도 있고, 이미 쓴 글이 도무지 마음에 들지 않아서 그럴 때도 있다. 그럴 때는 허탈하기도 하고 짜증이 밀려오기도 한다. '나는 안 되는 걸까?' 하는 자괴감에 빠지거나, 글쓰기를 하느라 들인 모든 시간이 아깝게 느껴지기도 한다.

소설가 김탁환은 도스토옙스키의 아내 안나가 쓴 《도스토예프스키와 함께한 나날들》이라는 책에 대한 서평글에서 다음과 같이 간접적으로 작가의 고통을 언급한다.

> 그럼에도 이 책에는 마음을 흔드는 장면이 많다. 남편이 '사람의 소리라 할 수 없는 울부짖음'을 토할 때마다 몸서리치도록 무서웠다고 회고하는 대목에서, 나는 안나만의 특별한 운명을 본다. 육체적 고통과 창작의 고통을 토로하는 소설가 곁에 그림자처럼 머무는 것이 어디 쉬운가. 그녀는 홀로 지샌 번민과 상처의 밤에 남편의 소설만

이 위로이자 구원이었다고 주장한다.[31]

버지니아 울프는 《세월》이라는 작품을 쓰고는 절망에 빠져 버렸다. 그녀는 일기에, '첫 장의 끝까지 절망에 빠져서 읽었다. 잔인하지만 확신을 주는 절망 …… 다행히도 이것은 너무나 수준 미달이어서 의문이 생길 여지도 없었다. 교정쇄를 죽은 고양이처럼 L에게 전해서 읽지 말고 태우라고 해야겠다.'고 썼다.[32] 그러나 《세월》은 버지니아 울프의 대표작으로 남아 있다.

초고를 다 썼을 때의 희열은 말할 수 없이 크지만, 그것은 아주 잠시 동안 있다가 사라질 뿐이다. 희열이 뒤덮었던 자리를, 곧이어 후회와 아쉬움, 부끄러움과 창피스러운 감정들이 빼곡하게 들어선다. 사람들이 잘 썼다고 건네는 말들조차 작가에게는 그저 위로의 말처럼 들릴 뿐이다. 남들이 아무리 괜찮다고 말해주어도, 작가는 어떻게 하면 이 글을 좀 더 잘 고쳐볼 수 있을까 궁리한다.

---

31 p. 39, 김탁환, 《천년습작》에서 재인용.

32 p. 162, 조이스 캐롤 오츠, 《작가의 신념》, 송경아 옮김, 북폴리오, 2005.에서 재인용.

만족하지 않을 때만이 언제나 더 좋은 작품을 향해서 나아갈 수 있다. 만족하는 순간 글쓰기도 그것으로 끝이다. 작가가 좋다는데 더 이상 그 작품을 더 좋게 고쳐볼 방도는 없다.

아이러니하게도 자신의 글에 만족하지 않을 때 작가는 더 열심히 고민하고 더 열심히 쓴다. 불만은 글쓰기의 당연한 감정이며, 다음 글쓰기를 향한 새로운 지점으로 이어진다. 하지만 너무 잘 쓴 경우에도 문제는 발생한다. 자기 글에 도취했을 때다.

자신의 글이 마음에 들지 않을 때도 많지만 자신의 글이 너무 마음에 드는 경우도 문제인 것이다. 대체로 작가의 자의식이 너무 강하거나 일종의 허세가 작가를 사로잡고 있는 경우다. 출판사나 독자들이 아무리 조언을 해주고 더 좋은 방향을 일러준다고 해도 작가는 도통 고칠 마음이 없다. 결국 출판사가 출판을 거절하거나 독자들이 글을 외면함으로써 작가는 혹독한 자부심의 대가를 치른다. 바로 이때, 작가는 글쓰기를 때려치우고 싶다.

너무 못 써도 문제고 너무 잘 써도 문제인데, 사실은 너무 잘 쓴 쪽이 더 문제인 것 같다. 못 쓴 글은 어떻게든 더 낫게 고쳐볼 여지가 있지만 작가 스스로 너무나 만족해하는 글은 어떻게 고쳐볼 여지가 없다. 그래서 나는 한 가지 원칙을 정하기로 했다.

무조건 20번씩 고치자

잘 썼든 못 썼든, 무조건 20번은 고치자. 사실 20번을 퇴고하기란 쉬운 일이 아니다. 초보 작가의 경우 퇴고를 소홀히 하기가 쉬운데, 그것은 초고를 완성했다는 그 자체만으로도 스스로 너무나 만족해버리기 때문이다. 그래서는 곤란하다. 글은 고칠수록 좋아진다. 고칠 시간이 부족해서 문제이고 고치지 않아서 문제인 것이다.

나는 하진의 인터뷰를 보면서 무조건 20번씩 퇴고하는 것을 내 글쓰기 원칙으로 정했다. 하지만 솔직히 고백하건대 20번을 고치기란 너무나 힘든 일이다. 나한테만 해당되는 말인지 모르겠으나, 나는 퇴고가 집필보다 훨씬 더 어려운 것 같다.

그래서 나는 글을 쓸 때보다 다 쓴 글을 고칠 때 어려움을 더 많이 겪는 편이다. 글 쓰면서 불만을 터트리는 것도 이때가 가장 많다. 불만거리는 여러 가지가 있지만, 원인은 하나다. 나는 글을 고치는 것 자체가 불만스럽다. 무슨 말이냐면, 왜 처음부터 완벽한 문장을 쓰지 못했을까 하고 자책하는 것이다. 글을 고치면 고칠수록 내 문장의 서툶이 드러나기 때문이다.

그래서 퇴고 작업 중인 나는 그야말로 수다스럽다. 이러쿵저러쿵 계속 불만을 늘어놓으면서 글을 고친다. 그런데 재미있는 것은 뒤로 갈수록 점점 말이 줄어든다는 사실이다. 왜냐하면 고치면 고칠수록 더 나아지는 모습을 직접 눈으로 확인하게 되기 때문이다. 그리고 어느새 글을 스무 번쯤 고치고 나면 아무 말이 없어진다. 그저 머쓱해진다. 창피하고 부끄럽고, 한편으로는 고치기를 잘했다는 생각이 든다.

글 한 편을 완성했으면 최소한 하루에 5번씩 3일은 읽고 고쳐보기를 추천한다. 경험상 하루에 5번 이상 고치기는 정말 힘들다.

그리고 다 쓴 글은 일정 시간 동안 묵혀두어야 한다. 글을 쓸 당시의 몸 상태나 상황 등에서 멀리 떨어져서 일상적인 상태에서 다시 글을 살펴보는 것도 필요하다. 글을 쓰다 보면 자연스럽게 글의 분위기에 젖어들게 되고, 장문의 글인 경우에는 쓰고 있는 글에 따라서 감정 상태뿐만 아니라 신체적인 반응까지 일어날 만큼 강력하게 글의 영향을 받게 될 때도 있다. 따라서 글을 쓸 때와는 또 다른, 글을 읽게 될 대부분의 독자들의 상태와 같이 일상적인 환경에서 퇴고 작업을 진행하는 것이 필수적이다.

자세한 퇴고 작업의 요령에 대해서는 다음 장에서 보다 더 상세하게 살펴보겠다.

글쓰기 장애를 극복하려면

말하기에 언어 장애가 있는 것처럼, 글쓰기에도 글쓰기 장애가 있다. 책을 많이 읽는 사람들이 때때로 독서 장애를 일으키듯, 전문적으로 글을 쓰는 작가들도 글쓰기 장애를 겪는다. 독일의 시인 라이너 마리아 릴케는《말테의 수기》를 완성한 후에 얼마간 단 한 줄의 시도 쓰지 못했고,《변신》,《심판》등의 프란츠 카프카 역시 여러 번 글쓰기 장애를 호소한 적이 있다.

글쓰기 장애란 말 그대로 글을 쓰려고 하나 쓰지 못하고, 오히려 위기감과 고통을 호소하는 증세다.[33]

글쓰기 장애는 크게 다음의 네 가지로 나눠서 살펴 볼 수 있다. 이 부분은 루츠 폰 베르더와 바바라 슐테-슈타이니케의 《교양인이 되기 위한 즐거운 글쓰기》를 토대로 작성했음을 미리 밝혀둔다.

1) 백지 상태, 혹은 아무것도 떠오르지 않음

글을 막 시작하려는 찰나 갑자기 머릿속이 하얗게 변해버린다. 더 이상 아무 생각도 나지 않으며, 방금 전까지 무슨 생각을 했었는지조차 기억나지 않는다. 일종의 스트레스 반응이다. 그것은 두려움 때문일 수도 있고, 주제에 대한 낯섦, 혹은 준비 부족에 대한 신체적 반응일 수도 있다. 또는 주제로 인해 촉발될지도 모르는 내적 상처나, 앞으로 일어날지도 모르는 감당하지 못할 어떤 트라우마에 대한 저항일 수도 있다. 이런 경우, 무작정 글쓰기를 밀어붙이는 것은 오히려 역효과만 날 뿐이다. 이럴 때는 잠시 쓰려던 것을 멈추자. 그리고 가

33 p. 254, 루츠 폰 베르더/바바라 슐테-슈타이니케 지음, 《교양인이 되기 위한 즐거운 글쓰기》, 김동희 옮김, 동녘, 2004.

만히 다른 글을 적어보자. 왜 지금 내 머릿속은 하얗게 되었는지, 혹시 이 글을 쓰면서 내가 힘들어하는 이유는 무엇인지 찾아보는 것이다. 쓰려고 하는 것에 대해 내가 아는 것과 모르는 것을 각각 적어보는 것도 효과적인 방법이다. 이 글을 쓰는 데 있어서 내가 알아야 할 것을 찾는 것보다 내가 무엇을 모르는지를 찾는 게 더 쉽기 때문이다. 그러고 나서 관련 자료를 찾고, 같은 주제로 기존에 다른 사람이 쓴 글을 찾아서 읽어보자. 그러면 훨씬 부담이 덜해지는 것을 느낄 수 있을 것이다.

2) 딴생각, 주의 산만, 연상 작용 등

열심히 글을 쓰다 보면 쓰는 사람도 읽는 사람처럼 도중에 딴생각을 하게 될 때가 있다. 몸은 기계적으로 글을 쓰고 있지만 머리로는 다른 생각을 하는 경우다. 이럴 때는 글을 써봤자 아주 표면적인 생각밖에 나오지 않기 때문에 깊이 있는 글쓰기를 이끌어갈 수 없다.

글쓰기는 정신적인 활동을 기반으로 이루어지기 때문에 집중력을 유지하는 것이 아주 중요하다. 그런데 아침에 보았던 어떤 이미지라든지 나중에 일어날 일에 대한 걱정 혹은 공상이 떠오를 수 있으며, 글을 쓰다가 어떤 단어나 글의 내용을 계기로 글과 전혀 상관없는 다른 생각이 촉발되는 경우도 일어난다.

나 같은 경우에는 글을 쓰다가 딴생각이 떠오르면 잠시 글을 멈추고 설거지나 청소를 한다. 그렇게 기분 전환을 하고 나면 다시 집중할 때 한결 집중력이 강해진 것을 느낄 수 있다. 그런데 그 정도로도 떨쳐지지 않는 더 무거운 생각이나 강한 이미지인 경우에는, 쓰던 글을 멈추고 그 생각이나 이미지에 대한 글부터 먼저 간단하게 정리한다. 이때 정리 시간은 되도록 30분을 넘기지 않도록 하는데, 대부분은 이렇게 함으로써 정리가 가능하다.

3) 당황스러움, 당혹감, 어쩔 줄 모름, 초조함

글을 쓰다 보면 애초에 내가 의도한 대로가 아닌, 전혀 엉뚱한 방향으로 글이 전개되는 경우가 생긴다. 심한 경우는 원래 생각했던 글의 기본 전제가 사실이 아닌 것으로 밝혀지는 때도 있다. 이때 글쓰기는 갑작스럽게 중단되며, 글 쓰는 사람은 여기서 글을 멈추고 다시 써야 할지, 아니면 일정 부분을 수정해서 계속 진행해야 할지를 판단해야 한다.

대체로 구상 단계가 부족한 경우에 이런 일이 자주 발생하는 것 같지만, 치밀하게 구상을 마치고 집필에 돌입한 경우에도 이런 일이 생겨나곤 한다. 독자를 잘못 예상했거나 글의 난이도 조절에 실패했을 경우에도 이런 일이 생긴다.

내 경험으로는 이런 경우가 발생했을 때에는 글을 다 엎어버리고 다시 쓰는 편을 선택한다. 시간이 아주 촉박하지 않은 이상, 다시 쓰는 것이 훨씬 더 글의 완결이 자연스럽기 때문이다.

주제를 충분히 이해하지 못하고 있을 때나 논점을 잘못 선정했을 때에도 이런 일이 생긴다. 사실 오해를 발견했다는 사실 자체가 글에 대한 준비를 더 충실히 하게 되는 계기이자 디딤돌이다. 비록 그때까지 쓴 문장과 시간이 아깝더라도 이럴 때는 과감하게 접자. 무리하게 고쳐서 가려고 하다가 도리어 글쓰기가 완전히 중단되는 더 큰 어려움이 생기기 쉽다.

4) 도피, 잠적, 침묵

글을 쓰다 보면 별안간 내가 이 글을 다 쓰지 못할 것이라는 공포와 맞닥뜨릴 때가 있다. 글을 쓰다 말고 도망간 작가들의 일화는 그다지 놀랄 만한 것이 아니다. 또 글을 한창 쓰는 도중에 갑자기 더 이상 아무것도 쓰고 싶지 않을 때가 있다. 혹은 더 이상 쓸 수 없다는 두려움에 휩싸이기도 한다. 이것은 글쓰기의 초반에 발생하는 백지 상태와는 또 다른 것이다.

처음에 예상했던 것보다 글의 난이도가 너무 깊거나, 처음에 예상하지 못한 독자들의 다른 반응들, 이를테면 내가 생각지도 않았던 부정적인 반응이나 글로 인한 손해가 우려되는 경우 글쓰기는 갑자기 정지한다.

인간의 직감이란 참 신기한 것이어서, 생각하지 않았는데도 무엇인가를 예측하고 반응한다. 더 이상 쓰다가 무엇인가 불길한 느낌에 휩싸이면 그 자리를 떠나거나 잠적하거나 아예 입을 닫아버리는 것이다.

마감 등 시간에 쫓기는 경우에도 이런 일이 생긴다. 밤을 새우고 오로지 글만 써도 시간 내에 완수하지 못할 것 같으면 아예 도망가 버리는 것이다. 이때는 정직하게 시간이 부족하다고 인정하는 것이 가장 좋은 해결책이다. 그리고 글쓰기의 두려움과 글쓰기로 인해 예상되는 문제들을 다른 누군가와 상의하는 것이 가장 좋은 해결 방법이다.

혼자서 문제에 압도당하는 순간 주변의 다른 사람들이 구해주고 싶어도 구해줄 수 없는 안타까운 상황이 발생한다. 다행히도 나는 연재 펑크는 한 번도 경험하지 않았지만, 언젠가 한 번은 겪게 되지 않을까 미리 각오?를 해두고 있기는 하다.

하지만 마감일을 어긴 적은 수만 번이다. 도대체 몇 번인지 셀 수 없을 지경이다. 그러나 마감일을 어겼다고 해서 글을 발표하지 못하거나 책을 내지 못한 적은 없다. 추가적인 취재나 보강 조사를 요청하거나, 집필 시간을 더 확보하거나, 정리를 도와줄 또 다른 작가를 섭외해서 위기를 넘겼다. 글은 혼자 쓰는 것 같지만 실은 함께 쓰는 것이다.

글을 못 쓴다고 해서 세상이 멸망하거나 목숨을 잃어버리는 것은 아니다. 다만 내가 그렇게 느낄 뿐.

스스로 써보기 

당신이 글쓰기를 할 때 가장 힘들어하거나 두려워하는 것은 무엇일까? 주로 어떤 글을 쓸 때 가장 어려워하는가? 반대로 당신이 가장 자신 있게 쓰는 글은 무엇일까? 어떻게 하면 당신이 가장 힘들어하는 글을 당신이 가장 자신 있는 글을 쓸 때처럼 쓸 수 있을까? 또 당신이 글을 쓸 때 당신 옆에 함께 있어주는 사람은 누구인가? 당신의 글을 읽어주는 사람으로 누가 가장 적합할까?

글은 고치는 만큼 좋아진다

글쓰기는 정직하다. 잘 쓰는 척할 수도, 못 쓰는 척할 수도 없다. 글을 잘 모르는 사람이라도 잘 쓴 글을 알아보고 못 쓴 글을 실감한다. 이유는 정확하게 설명하지 못하지만, 적어도 이건 잘 쓴 글인 것 같다고 혹은 못 쓴 것 같다고 평해줄 수는 있다. 글은 그 자체로 다 보여줄 뿐, 하나도 감추는 것이 없기 때문이다.

그래서 여러 번 정성 들여 퇴고한 글은 정성을 들인 표시가 난다. 아무리 수준 높은 문장이라도 아무렇게나 날려 쓴 글은 날린 티가 난다. 그리고 글에는 작가의 삶과 마음이 배어든다.

명심하자. 글은 얼마든지 고칠 수 있지만 지나가 버린 삶은 고칠 방법이 없다.

삶은 퇴고가 불가능하다

글은 퇴고가 가능하지만 삶은 퇴고가 불가능하다. 그래서 나는 먼저 이 이야기부터 하고 퇴고하는 방법에 대해 말해야겠다. 《칼의 노래》, 《남한산성》, 《공무도하》, 《흑산》 등을 쓴 소설가 김훈은 그의 나이 47세에 문단에 데뷔했다. 그 이전에 〈한국일보〉 기자로 종사하면서 이미 뛰어난 문장력을 인정받은 그였는데, 데뷔작 〈빗살무늬토기의 추억〉을 발표한 이후에도 계속해서 〈시사저널〉에서 근무하며 언론인으로 지냈다. 작가 김훈의 명성을 알린 것은 바로 2001년 발표한 《칼의 노래》였다. 당시 김훈의 《칼의 노래》를 두고, 동인문학상 심사위원회에서는 '한국 문단에 벼락처럼 내려진 축복'이라며 찬사를 보냈다. 그의 나이 54세였다.

나는 존경하는 선배 작가의 삶을 낱낱이 알지는 못하지만, 다음의 글에서 김훈의 글쓰기가 가진 힘을 확인할 수 있었다.

> 젊어서 《난중일기》라는 책을 읽기도 했지만, 늙어서 현충사에 가서 이순신의 칼을 들여다보지 않았더라면 나는

《칼의 노래》라는 졸작 소설을 쓸 수가 없었을 것이다. 그 소설이 졸문이건 오문이건 간에 그나마 문체의 힘을 버티어낼 수 있었던 까닭은 오직 현충사에 실물로 전시되어 있는 그 칼의 힘이다. 그 칼은 단 한 번 베이고 지나가면 다시 돌이킬 수 없고 손댈 수 없고 거스를 수 없는 일회성의 운명을 가르쳐주었다. 삶의 순간들도 그와 같아서 한 번 스치고 지나가면 다시는 거스를 수 없는 일회성의 칼로 인간을 내리찍는 것이리라. 나는 내 문장이, 한 번 베이고 지나가서 끝나는 일회성의 칼이기를 바랐다. 나는 칼의 '이야기'를 쓸 수는 없었고 칼이 세상에 처함에 관하여 쓰고 싶었다.[34]

사람은 누구나 자신의 삶을 산다. 그런데 그 삶은 오로지 한 번뿐이다. 글은 고쳐도 고친 티가 나지 않지만, 삶은 고칠 수조차도 없다. 작가 김훈은 삶에서 글을 길어 올릴 줄을 안다. 누구에게도 글쓰기를 위한 삶을 살라고 함부로 강요할 수 없다. 하지만 우리는 적어도 자신의 삶을 배반하지 않는 한도 내

34 p. 89, 김훈, 〈강물이나 바람, 노을의 어휘 몇 개〉, 모음집 《소설가로 산다는 것》, 문학사상, 2011.

에서 글쓰기를 해야 한다. 쓰고 싶은 글이 크다고 갑자기 삶을 배반할 수는 없는 노릇이다. 삶과 글이 자연스럽게 이어지도록, 우리는 항상 삶과 글이 떨어지지 않도록 주의를 기울여야 한다.

위대한 글을 쓰고 싶거든 먼저 위대한 삶을 살아야 한다.

글을 다듬는 일

삶을 이야기했으니, 이제 다시 글쓰기를 이야기하자. 우리는 흔히 퇴고나 수정 작업을, 글을 다듬고 있다고 표현하기도 한다. 원래 다듬는다는 말은 맵시를 내거나 고르게 손질해서 매만진다는 뜻이다. 또 필요 없는 부분을 깎아서 쓸모 있게 만들거나, 거친 땅을 평평하고 고르게 한다는 뜻도 있다.

글을 다듬을 때에는 철저하게 글을 읽는 독자의 입장이 되어야 한다. 읽기에 길이는 적절한지, 혹 불필요한 문장이나 과도한 부분은 없는지, 아니면 더 설명해야 할 부분이나 좀 더 매끄럽게 이야기해야 할 곳은 없는지 부지런히 살펴야 한다.

단순히 오타와 비문을 찾아내는 것만으로는 부족하다. 글을 읽으면서 독자가 충분히 작가와 대화할 수 있는지, 정말로 작가와 마주 보고 이야기하듯 독자가 글에 몰입할 수 있는지 꼼꼼하게 살펴보아야 한다.

글을 쓴 다음 다시 말로 보충한다는 건 있을 수 없는 일이다. 한 편의 글을 발표해놓고서 '사실은요…' 하고 다른 말을 지껄일 수는 없다. 글은 글 자체가 말하게 해야 한다.

이제 몇 가지 퇴고 방법을 소개해보겠다.

1) 주술(주어+서술어) 호응

한국어는 주술 호응이 제대로 드러날 때 뜻이 명확하게 전달된다. 흔히 말을 할 때 주어를 생략하거나 서술어를 흐리는 언어 습관을 가진 사람이 있는데, 글쓰기에서는 치명적이다. 글에는 생략된 주어나 서술어를 표시해줄 특정한 상황이 없기 때문이다. 하나의 주어는 적절한 서술어를 가지는데, 주어는 표현 대상이고 서술어는 표현 대상의 속성이나 행동을 나타내는 문장 성분이다.

가령 '이 사진은 아이가 모유를 먹는 장면이다'라는 문장은

'이것은 아이가 모유를 먹는 장면을 찍은 사진이다'로 고쳐 써야 옳다. 이처럼 주술 호응이 잘못된 문장은 얼핏 보면 발견하기 어려운 경우가 많은데, 대체로 잘못된 언어 습관이 몸에 배어 있어서 그렇다. '태풍 때문에 바람과 비가 내렸다'처럼 급하게 생략한 경우가 대부분이다. 이 문장은 '태풍 때문에 바람이 불고, 비가 내렸다'가 맞다.

2) 맞춤법과 띄어쓰기

요즘에는 맞춤법이 틀리는 경우가 더욱 많아지는 것 같다. 인터넷 글쓰기와 인스턴트 메시지가 많아져서 그런지, 약어와 은어를 남발하는 사람이 더 늘어나는 것 같다. 물론 글쓰기에서 의도적으로 맞춤법이 틀린 문장을 사용해야 할 때도 있다. 하지만 구어체를 지나치게 사용하거나 약어와 은어를 남발하면 필연적으로 혼란을 일으킨다. 표준어를 정하는 것도 그렇고 굳이 맞춤법을 정하는 이유는 글이 가지고 있는 기호성 때문이다. 읽는 사람이 어디 출신이고, 어떤 방언을 사용하고, 어떤 연령대의 사람이든지 상관없이, 제대로 뜻을 주고받을 수 있도록 하나의 통일된 기준으로 글을 사용하는 것이다.

맞춤법 공부를 따로 할 것까지는 없고, 워드 프로그램에서 자동으로 잡아주는 맞춤법 검사 기능만 잘 사용해도 절반 정도는 실수를 예방할 수 있다. 맞춤법을 확인할 때는 다른 사람들의 도움을 받는 것도 좋다. 아무래도 나는 내 글에 익숙해서, 습관적인 오타는 스스로 발견하기가 어렵기 때문이다.

단어 하나라도 미심쩍다면 국어사전을 뒤져볼 것을 추천한다. 글을 교정하면서 어휘력을 키우지 않으면 따로 공부할 시간이 없는 요즘 사람들이다.

3) 소리 내어 읽기

퇴고 작업을 할 때는 되도록 문장을 소리 내어 읽어보는 것이 좋다. 읽는데 숨이 차거나, 입에 잘 붙지 않는 부분이 작업의 대상이 된다. 글의 적절한 호흡을 찾고, 길이를 조정하려면 소리 내서 읽어보는 방법이 최선이다. 처음에는 어색하겠지만 그냥 편하게 작은 소리로 자신의 글을 천천히 읽어 내려가 보자. 아무래도 낭독을 하는 편이 묵독默讀을 하는 것보다 훨씬 더 퇴고에 수월하다는 것을 알게 될 것이다.

4) 사실 관계 확인

꽤 많은 사람들이 사실 관계 확인 없이 가볍게 글을 쓰는 것 같다. 인명이나 지명, 연도, 보도 자료, 명칭, 사례, 인터뷰, 통계 등 글을 쓸 때는 각종 참고 자료를 사용하기 마련이다. 이때 사실 관계가 정확하지 않으면 글의 신뢰도에 치명상을 입게 된다. 사소한 오류 때문에 글의 신뢰를 다치는 경우를 나는 수도 없이 본다. 아무리 픽션이라 할지라도 사실 관계가 명확하지 않으면 읽는 이로 하여금 몰입에 지장을 주게 된다는 점도 잊지 말자. 되도록 사실 관계 확인을 철저히 하고, 특히 자료를 인용할 때에는 조금 귀찮더라도 글의 신뢰도를 위해서 다시 한 번 확인하는 습관을 들이자.

5) 쉽게 풀어 쓰기

쉽게 풀어 쓸 수 있는 문장은 가능한 한 끝까지 풀어서 쓰자. 무의식적으로 전문 용어와 외래어를 사용하는 사람이 많은데, 가능한 한 전문 용어와 외래어는 사용을 자제하는 편이 좋다. 쉬운 글을 굳이 어렵게 써야 할 이유는 없다. 하지만 어려운 글은 최대한 쉽게 풀어서 써야 한다. 패러다임은 인식 체계로, 헤게모니는 주도권으로 쓰는 식이다. 굳이 외래어를 써야 한다면, 옆에 괄호로 쉬운 뜻을 같이 표시해주면 좋겠다. 요즘에 부쩍 흔해진 외래어로는 콜라보레이션협업이 있다. 콜라보레이션이라고 할 때와 협업이라고 할 때 독자들이 체감하는 온도 차이가 존재하는 것도 사실이다. 하지만 이런 외래어의 사용은 불필요한 허세나 이미지 연상을 유발하기 때문에 신중하게 사용하는 것이 좋다.

쉬운 글을 어려운 글로 바꾸는 것은 작가 혼자서 글쓰기 연습할 때 하면 되는 것이고, 어려운 글을 최대한 쉽게 바꾸는 것은 반드시 거쳐야 할 퇴고 작업이다.

글쓰기
습관도
바꿔보자

당신은 어떤 방식으로 글을 쓰는가? 어떤 사람은 혼자서 책상에 앉는 편을 선호하고, 어떤 이는 카페에 앉아 글 쓰는 것을 선호한다. 발자크는 글을 쓸 때면 항상 수도복을 차려입었던 것으로 유명하며, 《다빈치 코드》의 작가 댄 브라운은 매일 새벽 4시에 일어나서 한 시간마다 팔굽혀펴기를 하는 습관을 가진 것으로 유명하다. 《레미제라블》의 빅토르 위고는 종종 하인들에게 자신의 옷을 모두 벗기라고 명령한 뒤 알몸으로 글을 썼고, 《삼총사》를 쓴 알렉상드르 뒤마는 실화는 분홍색으로, 소설은 파란색으로, 시는 노란색으로 잉크 색을 정해놓고 글을 썼다고 전해진다.

퇴고라고 하면 물론 글을 고치는 작업을 의미하지만, 나는 보다 넓은 의미에서 물리적인 글쓰기 습관을 고치는 것도 일종의 퇴고가 아닐까 생각한다. 보다 나은 글쓰기 방식을 찾아보는 것이다. 나 같은 경우에는 시는 주로 밤에, 소설은 주로 낮에 썼다. 또, 한 편의 글을 쓸 때는 한 곡의 특정한 노래를 정해놓고 끊임없이 반복해서 듣는 습관이 있다. 그래서 한 편의 글을 한 곡의 노래로 기억하기도 한다. 대신 그렇게 들었던 노래는 글을 다 쓰고 난 다음에는 잘 안 듣게 되는 부작용도 있다.

중요한 것은, 글쓰기에 도움이 된다면 어떤 방식이든 가리지 않고 찾아서 해보는 것이다. 좋은 글쓰기 습관을 갖는 것이 중요하기는 하지만, 나에게 얼마나 효과적인가가 더 중요하다.

퇴고를 할 때면 나는 늘 고민한다. 나는 이 글을 어떤 방식으로 썼고 이 글에는 나의 어떤 삶이 스며들었는지, 글을 다듬으면서 내 삶도 함께 다듬는다. 결국은 삶의 문제다.

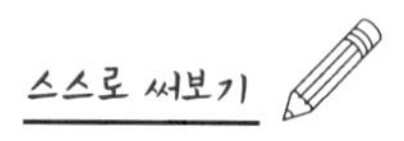

166페이지에서 쓴 글들을 본문의 다섯 가지 퇴고 방법에 따라서 고쳐 써보자.

카오스의 글쓰기

이번 장章의 제목인 '카오스의 글쓰기'는 실은 모리스 블랑쇼가 쓴 책의 제목이기도 하다. 나는 여전히 블랑쇼를 제대로 이해하지 못하면서도, 블랑쇼를 말하지 않고서 나의 글쓰기를 이야기하지는 못하겠다. 그의 사상이, 글쓰기에 대한 그의 말들이 내 글쓰기의 좌표가 되어주었기 때문이다. 이 장에서는 블랑쇼가 붙잡아 주었던 내 글쓰기의 지난 방황들에 대해 이야기해보고자 한다.

글쓰기의 즐거움

내가 기억하기로 난생처음으로 제대로 된 한 편의 글을 썼던 건 일곱 살 때의 일이다. 〈곰돌이 푸우의 우주 대모험〉이라는 글을, 나는 칸칸이 빨간 줄이 그어진 원고지에 대고 쓱싹쓱싹 적었더랬다. 원고지 열두 장짜리 글은 거창한 내용은 아니었고 그냥 우주에서도 푸우가 꿀을 발견해서 행복하게 살았던 것으로 대충 마무리했던 기억이 난다. 두 살 아래 여동생과 어찌나 깔깔대고 웃으며 읽었던지! 온 방 안이 어린 남매의 웃음소리로 가득 찼었다. 그 웃음소리가 내가 맛본 글쓰기의 첫 번째 즐거움이었다.

열 살 때 왼쪽 다리 아킬레스건 수술을 받으면서 병원에 입원했다. 다시 한 달 넘게 집에서 지내게 되었다. 때마침 서울에서 부산으로 온 집안이 이사를 가서, 내게는 책 말고는 아무도 같이 놀 친구가 없었다. 아버지가 틈틈이 사다 주셨던 위인전기들이며, 병문안 올 때마다 친척들이 사다 준 만화책, 사촌들이 보고서 물려준 100권짜리 세계문학전집이 모두 다 내 친구들이었다.

마크 트웨인의 《톰 소여의 모험》, 《허클베리 핀》을 보면서 나는 톰 소여와 허클베리 핀이 되어 숲 속을 누볐고, 《왕자와

거지》를 읽으면서는 나 자신이 왕자도 되어보고 거지도 되어보고 또 신하도 되어보면서 상상의 나래를 펼쳤다. 모리스 르블랑의《괴도 루팡》이나 코난 도일의《셜록 홈즈》, 에드거 앨런 포의《검은 고양이》 같은 추리소설에도 푹 빠졌었고, 조너선 스위프트의《걸리버 여행기》를 몇 번씩 읽으면서 거인국과 소인국을 내 맘대로 넘나들기도 했다. 쥘 베른의《80일간의 세계일주》는 처음으로 나에게 '세계 여행'이라는 것을 가르쳐 준 책이었고,《톨스토이 단편선》은 읽는 내내 참 따뜻했던, 그래서 나도 마틴 같은 구두 수선공이 되고 싶다며, 첫 장래 희망을 구두 수선공으로 꿈꾸게 해준 책이었다. 그렇게 100권을 다 읽고 또 꺼내서 읽을 무렵, 나는 다시 학교에 다니게 되었다.

초등학교 5, 6학년 때는 백과사전이 어찌나 재미있었던지! 문학 작품을 읽는 것과는 또 다른 신세계를 맛보는 기분이었다. 그때부터 나는 친구들에게 "야, 너희 집에 사전 있냐?" 물어보았고, 백과사전이 있는 친구라면 학교를 마치고 찾아가서 매일 사전만 보다가 나왔던 기억이 난다. 어찌나 뻔질나게 들락거렸던지, 친구의 부모님도 사전을 보고 싶어 하는 내 의도를 눈치채시고는, 친구가 없을 때도 놀러 와서 읽고 가라며 맛

있는 간식과 음료수를 내주시고 나를 반겨주신 적도 있었다. 6학년 때 처음으로 백과사전을 샀던 날, 나는 밤새도록 사전을 읽느라고 잠자는 것마저 잊어버렸을 지경이었다.

그러던 내가 중학생이 되고 나서 국어 선생님을 짝사랑하게 된 것이 필시 우연만은 아니었을 것이다. 중학교 2학년 무렵이었다. 나는 국어 선생님의 책상에서 선생님이 가입해서 활동하던 문학 동인지를 우연히 읽게 되었다. 거기서 선생님이 쓴 문학비평과, 어느 분이 써놓은 단편소설 하나를 보았다. 동인지라니! 현대 소설이라니!!

나는 국어 선생님께 계속해서 동인지를 보여달라고 졸랐고, 90년대 한국 문학의 치열했던 바다 속으로 나도 모르게 빠져들었다. 조정래의 《태백산맥》을 필두로 해서 나는 급속도로 한국 문학에 심취하게 되었다. 박경리의 《토지》, 최명희의 《혼불》을 비롯해 조동일의 《한국문학통사》까지 다 읽어치운 것이 불과 중학교 3학년 때의 일이었다.

그때부터 내 꿈은 작가가 되었다. 이렇게 황홀한 작품을 쓰면서 평생을 살 수 있다면 그것이야말로 내가 살아갈 삶이라고, 나는 아무것도 모르면서 그렇게 확신했다. 그때부터 나의 모든 생활기록부에는 한 번도 빠짐없이 장래 희망은 작가, 지망 학과는 국문과라고 적혀 있다.

나는 정말로 글쓰기를 즐겼다. 마치 마약에 중독된 것처럼 나는 매일 노트를 끄적거렸다. 오른손 가운뎃손가락에 박여 있는 굳은살이 그렇게 사랑스러울 수 없었고, 굳은살이 없어질세라 나는 또다시 글을 적었다. 노트에만 적는 게 아니라 우리 반, 다른 반 가리지 않고 칠판에다 시도 적고 연설문도 적었다.

중학 시절 있었던 나의 가장 큰 문학적 만남은 바로 헤르만 헤세와 조지 오웰이었다. 나는 경악했다. 어떻게 사람이 이런 이야기를 쓸 수 있었을까? 나는 그때, 두 작가는 필시 문학의 신神일 거라 생각했다.

고등학교 올라가서는 곧장 문예부에 들었다. 겁 없이 1학년 주제에 3학년만 쓸 수 있었던 교지 단편소설을 감히 내가 써 보겠노라고 자진해서 나섰다. 하지만 마감을 못 지키고 펑크를 냈다. 그때가 글쓰기에서 맛본 내 첫 번째 좌절이었다.

글쓰기의 괴로움

그 뒤부터는 마치 작정한 듯 글쓰기의 괴로운 나날들만 이어졌다. 고등학교 2학년 국어 선생님은 대놓고 나를 미워하셨는데, 실은 문예부 활동과 관련한 오해 때문이었다. 오해는 졸업 직전에 가서야 풀렸지만, 나는 국어 시간마다 선생님으로부터 일종의 의도적인 괴롭힘을 당해야 했다. 설상가상으로 국문과에 대한 내 고집을 아버지께서는 정식으로 불허하셨다. 책상에 덕지덕지 붙여놓은 글들을 다 뜯어버리셨고, 국문과에 갈 거면 차라리 대학에 가지 말라고 노발대발하셨다.

아버지의 거센 반대를 이길 자신이 없었던 나는 한문학과에 가는 것으로 타협을 보았다. 내심 국문과로 전과를 하든지, 아니면 복수 전공을 할 심산이었다. 나는 당연히 내가 대학교 2학년 올라갈 무렵에는 신춘문예에 당선될 거라는 엄청난 착각에 들떠 있었는데, 4년 내내 쓰디쓴 낙선의 고배만 들이켜야 했다. 주변의 친구들은 하나둘 문학 공모니 신인상이니 신춘문예에 붙었지만, 내게는 도저히 실현 불가능한 일처럼 여겨졌다.

대학을 졸업하고 나는 또다시 혼자서 습작을 했다. 하지만 그것은 습작이 아니라 고문이었고 절망이었다. 미국의 소설가 폴 오스터Paul Benjamin Auster, 1947- 가 말했던 그대로였다.

> 그래도 나는 상당히 많은 글을 썼다. 노력에 비해 결과는 신통치 않았다. 장편소설 두 편에 착수했다가 포기했고, 여러 편의 희곡을 썼지만 마음에 드는 것은 하나도 건지지 못했다. 시도 계속 썼지만 결과는 대개 실망스러웠다. 야망은 컸지만 능력이 따르지 못했다. 그래서 걸핏하면 좌절감에 빠졌고, 인생의 낙오자라는 생각이 늘상 따라다녔다. (중략)
>
> 돌이켜보면, 그때 나는 산산조각으로 부서져 있었다는 느낌이 든다. 수많은 전투가 동시에 치러졌고, 내 몸뚱이는 넓은 싸움터에 뿔뿔이 흩어져 제각기 다른 천사, 다른 충동, 다른 자아관과 맞붙어 싸우고 있었다. 그래서 때로는 나답지 않게 행동하기도 했다. 내가 아닌 누군가로 변신하여, 잠시 다른 사람의 가죽을 뒤집어쓰고는, 나 자신을 철저히 개조했다고 상상하려 했다. 침울하고 명상적이고 자만심이 강한 구석은 쉴새없이 지껄여대는 냉소적

인 재담꾼으로 바뀌곤 했다.[35]

대학을 졸업하고 나서, 나는 폴 오스터가 유조선을 타고 프랑스로 떠났던 것처럼 중국으로 어학 연수를 떠났다. 나는 글쓰기 따위는 잊어버리고 오로지 중국에서 지낼 궁리를 했다. 하지만 친구도, 중국어도, 공부도 내 마음을 채워줄 순 없었다. 내가 깨달은 것은 오직 하나뿐이었다. 글쓰기가 아니면 안 된다는 사실.

'잘하지도 못하는데.'

나는 비참했다. 글쓰기가 아니면 안 된다는 사실이 제발 헛된 망상이기를 바랐다. 나는 마음에 부담감만 잔뜩 안고서 어느 고등학교 도서관에 사서 보조로 들어갔다. '마지막 습작을 해보자. 그리고 여기서 결론을 내자.' 나는 한 번도 그렇게 비장한 태도로 글을 쓴 적이 없었다. 넉 달을 그렇게 습작을 하고 있던 어느 날, 나는 공황발작을 일으켜서 구급차에 실려 갔다. 내 나이 스물다섯이었다.

그래도 거기서 물러설 수 없다는 오기로 이를 악물고 배낭여행을 가기로 했다. 이른바 글쓰기 여행이었다. 나는 45박

---

35 pp. 47-48, 폴 오스터, 《빵굽는 타자기》, 김석희 옮김, 열린책들, 2003.

46일의 여정을 통해서 단편소설 두 개를 써 올 참이었다. 그리고 런던에 도착한 지 이틀 만에 나는 공황발작이 도져서 모든 일정을 취소하고 집으로 돌아와야 했다. 운명이 나를 막아서는 것처럼 느껴졌다. '너는 글을 쓸 수 없어!'

지금의 아내를 만나서 데이트를 하고 결혼을 이야기하던 나는, 슬그머니 작가로 살겠다는 이야기를 꺼내보았다. 여전히 글쓰기에 미련을 버리지 못했던 것이다. 하지만 내 말이 끝나기가 무섭게 아내의 닭똥 같은 눈물이 뚝뚝뚝, 수도꼭지에서 물 떨어지는 것처럼 테이블 위로 떨어져 내렸다.

그 순간 나는 작가가 되는 것을 포기하고 어느 회사에 들어갔다. 그때가 스물일곱이었다.

운명에 맞서다

나는 4년간 직장 생활을 하면서 무려 열네 군데의 회사를 다녔다. 처음 3군데를 제외하면 모두 프리랜서로 일했다. 첫 직장만 간신히 1년을 채웠을 뿐, 나머지 13곳에서는 일 년은커

녕 반년도 넘긴 적이 없었다. 마지막 회사에서 마지막을 실감할 무렵 나는 두 아들의 아버지가 되어 있었다. 살아도 사는 것이 아니었고, 그렇다고 죽을 수도 없었다.

나이 서른에 아내와 두 아들을 남겨두고 가출을 했다. 2주 동안 나는 글쓰기가 아니면 죽어버리겠다고 마음을 다졌다. 당연히 회사와 집에서는 난리가 났다. 아내는 심각하게 이혼을 생각했고, 아버지는 내가 미쳤다고 생각했으며, 회사에서는 내가 사기를 당해서 잠적해 극단적인 선택을 했을지도 모른다고 생각했었다.

그때 나는 비로소 다시 글을 썼다. 내 비참함과, 한 치도 보이지 않는 막막한 현실과, 아무런 대책 없이 뒤집어버린 내 가엾은 삶의 자리에 대해 썼다. 영문도 모른 채 집에 있을 두 살배기 아들과, 이제 막 생후 두 달을 넘긴 막내아들 생각에 나는 쓰다가 울다가를 반복했다. 그리고 다시 집으로 돌아갔다.

서른둘, 나는 단 한 번도 성공한 적이 없는 습작생의 삶으로 다시 돌아갔다. 낮에는 아이들을 돌보고 밤에는 글을 쓰는 생활이었다. 단 두 문장만 써놓고 날이 새어버린 적도 있었다. 글쓰기는 무겁고 잔혹했다. 그러나 나는 이것 말고 할 수 있는 일은 없다고, 쓰다가 죽어버릴망정 쓰기를 포기할 수는 없다며 결의를 다졌다.

2009년 1월 29일 밤을, 나는 평생토록 잊지 못할 것이다. 그날 밤, 나는 죽기로 결심했다. 다자이 오사무太宰 治, 1909-1948의 《인간실격》 처음 두 문장이 내 유서遺書가 되었다. 나는 유서를 적는 심정으로 다자이 오사무의 글을 간신히 울음을 삼키면서 읽어 내려갔다.

> 부끄러운 일이 많은 생애를 보내왔습니다.
>
> 나는 인간의 삶이라는 것을 도무지 알 수가 없습니다.
>
> ……
>
> 인간에 대한 두려움에 항상 바들바들 떨면서, 또한 인간으로서의 나 자신의 말과 행동에 털끝만큼도 자신감을 갖지 못한 채, 그리고 나만의 깊은 고뇌는 가슴속 작은 상자에 감춰두고서, 그 우울과 긴장을 꼭꼭 감추고 또 감추며 오로지 천진한 낙천성만 있는 척 나는 장난꾸러기 별난 아이로 점차 완성되어갔습니다.
>
> ……

하지만 그건 사소한 일에 지나지 않습니다. 서로 사기를 치면서도 다들 이상하게 아무 상처도 입지 않고 서로 속이는 것조차 깨닫지 못하는 것처럼 실로 훌륭한, 그야말로 맑고 밝고 명랑한 불신의 사례가 인간의 삶에 가득한 것입니다.

……

하지만 그때는 아직 진짜로 죽을 각오는 없었습니다.

……

신께 묻습니다. 신뢰는 죄가 됩니까.

……

신께 묻습니다. 무저항은 죄인가요?

호리키의 그 이상하게 아름다운 미소에 나는 눈물을 흘렸고 판단력도 저항하는 것도 잊은 채 차에 탔고 그리고 이곳에 끌려와 미친 사람이 되었습니다. 이곳을 나가더라도 나의 이마에는 미친 사람, 아니 폐인이라는 낙인이 찍히겠지요.

인간실격.

이제 나는 완전하게, 인간이 아니게 되었습니다.[36]

---

36 p. 13, 다자이 오사무, 《인간실격》, 양윤옥 옮김, 시공사, 2011.

소설 속 주인공 요조처럼 나는 스스로가 더 이상 인간이 아니게 되었다고 느꼈다. 그리고 죽음을 결심했다. 그런데 그 순간, 서른아홉의 나이로 애인과 동반 자살한 다자이 오사무가 내게 말을 걸었다.

"내가 죽었으니까 너는 살아."

환청도 아니었고 진짜 음성도 아니었지만 다자이 오사무는 내게 그렇게 말했다.

"실격인 인간은 아무도 없어. 인간을 실격할 수밖에 없는 이 세상이 실격인 거다."

그날 밤 나는 다자이 오사무에게 내 목숨을 빚졌다. 나는 살기로 했다. 그리고 나는 신학대학원에 가기로 마음먹었다. 성직자가 되기 위해서라기보다, 다시 살아난 내 인생을 신神이 아니면 어디에 던져야 할지 알 수 없었던 때문이었다.

글쓰기로 도약하다

신성神性을 끝까지 파헤치면 인성人性을 발견할 수 있지 않을까? 나는 그다음 해 봄 신대원 기숙사라는 나만의 멋진 작업실을 갖게 되었다. 그 무렵이었다. 모리스 블랑쇼를 처음 만난 것이.

> 쓴다는 것은 이제 끝나지 않는 것, 끊이지 않는 것이다. … 쓰여지는 것은 써야 하는 자를 긍정으로 인도한다. … 작가는 무엇을 기억하여야 하는가? 글을 쓰지 않을 때, 일상생활을 살아갈 때의 자신을, 있는 그대로의 그를, 죽어 가며 실제 모습을 잃어버린 그가 아니라 살아 있는 진실한 그를 기억하여야 한다. … 글을 쓴다는 것은 시간의 부재의 매혹에 자신을 맡기는 것이다.[37]

나는 더 이상 쓰지 못하던 나를 기억하지 않아도 되었다. 나는 있는 그대로의 나를 받아들이게 되었다. 그리고 나는 쓰지 않는 시간에도 치열하게 쓰기를 계속해 왔음을 깨달았다. 나

37 pp. 21-28, 모리스 블랑쇼, 앞의 책.

는 누구보다도 잘 썼고, 이제는 차근차근 그것을 종이 위로 옮겨 적기만 하면 되었다.

> 글을 쓰는 것은 오르페우스의 시선과 함께 시작한다. 그리고 이 시선은 운명과 노래에 대한 염려를 깨뜨리는 욕망, 그리고 이러한 영감을 받은 무심한 결정 속에서 근원에 이르고 노래를 바치는 욕망의 움직임이다. 그러나 이 순간으로 내려가기 위해 오르페우스는 이미 예술의 권능을 필요로 하였다. 이것이 의미하는 것은, 글쓰기의 움직임에 의해 열린 공간 속에서만 나아갈 수 있는 순간에 이르면서 비로소 글을 쓸 수 있다는 것이다. 글을 쓰기 위해서는 이미 글을 써야 한다. 이러한 모순 속에 또한 글쓰기의 본질이, 경험의 어려움이, 영감의 도약이 자리한다.[38]

문인을 돌보는 신, 오르페우스가 나와 함께하고 있었다. 글을 쓰기 위해서는 이미 글을 써야 한다는 블랑쇼의 말이 나를 깨우쳤다. 나는 다시 습작을 시작했고 에세이 공모에 당선되

---

38 p. 258, 모리스 블랑쇼, 앞의 책.

었다. 뒤이어 단편소설 한 편을 완성했고 또다시 신춘문예에서 떨어졌지만 이번에는 아주 기뻤다. 작품을 완성해서 냈다는 사실 자체로 이미 나는 책임을 완수했다고 여겼다. 낙선 이틀 뒤에 한 통의 전화가 걸려왔다. 나는 그동안 내가 쓴 글을 출판사 편집자에게 보내주었다. 그렇게 나는 이름 없이 대신 글을 써주는 대필 작가가 되었다.

돌아보면 나는 처음부터 작가였고, 글쓰기는 평생 내 삶의 중심에서 나를 지탱해주었다. 마침내 오랫동안 멈춰 있던 삶의 수레바퀴가 제 자신의 무게를 이겨내고 자신에게 주어진 글쓰기의 사명을 작동시켰다.

> 말들이 무기가, 행동의 수단이, 구원의 가능성이 되는 것이 끝나기를. 동요에 자신을 내맡기기.
> 쓸 때 쓰지 않는다는 것, 그것은 중요하지 않다. 따라서 글쓰기는-이루어지든, 이루어지지 않든- 변한다. 그것이 카오스의 글쓰기다.[39]

39 p. 42, 모리스 블랑쇼, 《카오스의 글쓰기》, 박준상 옮김, 그린비, 2013.

그저 흔들리는 대로 나 자신을 글쓰기에 맡기는 삶, 나는 비로소 그렇게 살게 되었다.

스스로 써보기

태어나서 지금까지의 당신의 글쓰기 역사를 서술해보자.

Fligh

나만의 글쓰기를 만끽하려면

비행

우리가 서로 바라볼 때, 서로 다른 두 세계가
우리 눈에 들어온다. 물론 적당한 위치를
잡음으로써 각기 다른 시야들에서 빚어진
차이점을 최소화할 수는 있겠다.
그러나 이 차이를 완전히 없애려면 하나로
합쳐져서 한 사람이 되어야 할 것이다.
모든 타자들과의 관계에서 항상 존재하는
나의 바라보기, 앎, 소유의 잉여는 세계 속에서
나의 위치가 갖는 유일성과 대체불가능성에
기반을 두고 있다.

– 미하일 바흐친, 《말의 미학》 중에서

글쓰기의 진짜 유익

각각의 글은 제각각 존재한다. 이 세상에 아무도 똑같은 사람은 없듯 단 한 편도 똑같은 글은 없다. 당신이 쓰는 글이 이 세상에서 유일하게 존재하는 단 하나의 글이라는 사실을 기억하라. 어떻게 하면 유일한 글을 쓸 수 있을까? 바로 나 자신이 유일한 존재임을 깨닫는 데서부터 유일한 글의 씨앗이 싹튼다.

모닝 페이지

나는 습작을 하면서 '모닝 페이지'를 썼다. 이것은 줄리아 카메론의 《아티스트 웨이》에 따른 것이다. 모닝 페이지란 말 그대로 매일 아침 일어나자마자 당장 떠오르는 대로 3페이지 정도 자신의 생각을 물 흐르듯 적는 것이다. 이것은 두서없는 글이며 일종의 두뇌 하수도라고 할 수도 있다. 줄리아 카메론은 8주 동안 계속해서 매일 아침 모닝 페이지를 쓰라고 권한다. 다음은 내가 실제로 적었던 모닝 페이지의 일부다.

2013년 3월 14일 목요일

손이 시리다. 마음도 조급하다. 문장에는 별로 관심이 없고 육욕에만 마음이 간다. 적보다 노선이 다른 동지를 더 미워하는 모순. 해야 할 일보다 하지 말아야 할 일에만 더 마음이 가는 모순. 모순 덩어리인 인간의 삶에 새로운 가능성이란 없어 보인다. 하지만 이미 알고 있는 문제보다 미처 알지 못하는 새로운 세계를 이야기하고 싶다. 냉소적이고 비아냥거리기보다 확신과 열의에 찬 목소리로 새로운 세상을 이야기하고 싶다. 그런데 힘들다. 누구보다 편하게 살고 있으면서도 왜 이리 삶을 힘들어하는 걸까. 무엇이든 내가 나를 가져다 바치는 그것이 내 삶을 지배한다. 이 무서운 진리가 내 목을 조여온다. 대체 어떻게 살아야 하는 걸까. 하긴 어떻게 살아야 할지 몰라서 방황하는 게 아니다. 그렇게 살기 싫어서 문제인 거지. 대체 내 삶에 목표가 있는 걸까. 진짜로 그것이 내 삶의 목표일까.

모닝 페이지의 내용은 그야말로 제멋대로다. 그것은 밝은 내용일 수도 있지만 어둡고 부정적인 내용일 수도 있다. 하지만 상관없다. 단, 멈추지 말고 계속 쓰라.

모닝 페이지를 통해서 우리는 우리 내면에 자리 잡고 있는 검열관의 간섭으로부터 자유로워질 수 있다. 비몽사몽 아침에 일어나자마자 몽롱한 의식 가운데 쓰기 시작한다. 평소에는 차마 쓰지 못했던 이상한 내용까지 잠꼬대하듯 적는 것이다. 중요한 것은 8주 동안 절대로 자신이 쓴 것을 다시 읽어보면 안 된다는 점이다. 그냥 일어나자마자 쓰라. 그리고 3쪽을 다 썼으면 그대로 덮어라. 검열관 따위가 뭐라고 떠들든지 간에 그냥 써라. 검열관의 말도 써버려라. 매일 하루에 3쪽 분량을 써버리는 것이다. 그리고 저장한 뒤 파일을 닫아버려라. 어제 쓴 것은 절대로 다시 읽지 마라. 그냥 오늘은 또 오늘 것을 써라.

모닝 페이지를 꾸준히 8주 동안 쓰다 보면 어느 날 문득 내 머릿속을 묶고 있던 쇠사슬이 우두둑 끊어지는 소리가 난다. 모닝 페이지에 거부감이 드는 사람일수록 사실은 모닝 페이지가 유익하다. 그만큼 자신의 내면과 무의식을 있는 그대로 드러내는 일에 무의식이 저항한다는 증거다. 그런 사람일수록 자신의 내면을 드러낼 때 더 강력한 에너지를 얻게 된다.

나 역시 처음에는 긴가민가했다. 그러나 모닝 페이지를 통해서 나는 적어도 3가지의 즐거움을 만끽하게 되었다.

첫 번째, 일단 자리에 앉으면 최소한 3페이지는 쓰는 습관.
두 번째, 전에는 상상도 못 했던 내용을 자유롭게 쓰기.
세 번째, 깊이 생각하는 연습.

창조성을
회복하는 일

글쓰기는 정신적인 활동을 기반으로 이루어지기 때문에 글을 쓰다 보면 얼마든지 시공간을 초월해서 자신의 내면과 과

거의 경험까지 깊이 파고들 수 있다. 모닝 페이지를 쓰다 보면 나도 모르게 오랫동안 내 속에 묻어두었던 아픔과 상처, 과거의 슬프고 충격적인 사건과 증오하던 사람들이 불쑥불쑥 튀어나올 때가 있다. 줄리아 카메론의 설명을 직접 인용해보자.

> 사람들은 창조적인 삶이 환상에 뿌리를 두고 있으려니 생각한다. 그러나 창조성은 현실, 그러니까 독특하고 뚜렷할 뿐만 아니라 면밀한 관찰과 구체적인 상상으로 형성된 현실에 바탕을 두고 있다는 것이 더 맞는 말이다.
>
> 자기 자신과 자신의 가치, 자신의 삶에 대한 모호함을 떨칠 수 있도록 우리는 제 자리에 다가갈 수 있다. 우리가 창조적인 자아와 접촉하는 그곳으로 말이다. 고독의 자유를 경험하고 나서야 비로소 진정한 접촉이 이루어진다. 그물 속에서 허우적거리는 동안에는 이런 만남을 만끽하지 못한다.
>
> 예술은 그 만남의 순간에 존재한다. 우리는 자신의 진실을 만나고 자기표현을 만난다. 우리는 본연의 실체를 되찾는다. 그 속에서 이제 작품이 분출된다.[40]

---

40 p. 155, 줄리아 카메론《아티스트 웨이》, 임지호 옮김, 경당, 2012.

글쓰기를 통해서 얻을 수 있는 유익은 많다. 무엇보다 한 편의 글을 얻을 수 있다. 또 글을 쓰기 위해서 깊이 생각하고, 고민하고 공부하는 작업을 통해서 사고력과 지식의 증진을 꾀할 수도 있다. 자기주장과 생각을 눈에 보이는 글로 보기 좋게 정리할 수도 있고, 글쓰기를 통해서 감정과 생각을 정리할 수도 있다. 부지런히 몸을 움직여서 꾸준하게 글을 쓰는 습관을 들이면 인내심과 근성을 기를 수도 있다. 하지만 글쓰기를 통해 얻을 수 있는 가장 눈부신 유익은 바로 창조성을 회복하는 일이다.

창조란 무엇인가? 그것은 신성과 맞닿은 인간성의 발현이다. 신神은 무無에서 유有를 창조한다. 신은 인간을 창조했다. 창조란 결국 근원적인 경험이다. 존재하지 않았지만 존재하게 되는 것. 창조는 그 자체로 신비한 능력을 지닌다.

인간의 창조성은 실로 눈부시지만 실제 현실에서 개인의 창조성을 충분히 발휘하기란 거의 불가능해 보인다. 오늘날처럼 극도로 정교하게 개인과 개인이 맞물려 돌아가는 현대 사회에서, 인간은 창조적인 존재가 아니라 현상 유지를 위한 수동적인 존재로 살 것을 강요당한다. 스페인의 화가인 피카소는 '모든 어린이는 예술가다. 문제는 어른이 되어서도 어떻게 예술가로 남아 있느냐 하는 것이다.'라고 말했다. 스위스의 정신분석학자 칼 구스타프 융은 '새로운 무엇을 창조하는 것은 지적 능력이 아니라 내면의 필요에 의해 따른 놀이 본능에 의해 이루어진다. 창조성은 자신이 좋아하는 것들과 잘 어울린다.'고 했다.

당신은 하루에 몇 시간이나 당신이 좋아하는 일을 하며 시간을 보내는가? 불행하게도 수많은 사람들이 현실의 족쇄에 얽매인 채, 현실적이지 않다는 이유로 자신의 창조성을 빼앗겨버린다.

글쓰기는 이러한 현실에 맞서서 나다움을 발휘하는 훌륭한 저항의 수단이 된다. 일단 글로 적기 시작하면 그다음에는 행동할 수 있게 된다. 말에는 변화를 촉구하는 힘이 있다. 말하는 대로 이루어진다. 글쓰기도 그렇다. 일단 글로 적을 수 있게 되면 그다음에는 예전에 미처 생각할 수도 없었던 일들을 실제로 도모할 수 있게 된다. 변화가 일어나는 것이다.

이 책을 시작하면서 예로 들었던 파울로 코엘료나 조앤 K.

롤링을 기억하는가? 그들의 삶이 바뀐 것은 그저 우연히 일어난 것이 아니라, 그들이 글로써 먼저 적었기 때문에 일어난 변화였다.

당신을 써라. 당신의 꿈을 적어보라. 당신의 새로운 삶을 이야기해보라. 당신이 상상하지 못했던 또 다른 가능성을 논하고, 당신다움을 만끽하는 진정한 당신을 말해보라. 당신은 당신을 말할 수 있다. 글로 적기만 하면 되는 것이다. 일단 적으면 그다음에는 여기저기서 변화의 조짐들이 눈에 보이기 시작할 것이다.

나는 반드시 작가가 되어야만 글을 쓸 수 있다고 생각했다. 하지만 글을 쓰다 보니 그게 아니라는 사실을 깨달았다. 작가가 되어야만 글을 쓸 수 있는 게 아니라, 이미 글을 쓰고 있기 때문에 나는 작가였다.

내가 오해했던 지점이 바로 이것이었다. 나는 작가가 되기 위해서 글을 써야 하는 것이 아니라, 글을 쓰는 삶을 만끽함으로써 이미 작가가 된 스스로를 누려야 했다. 작가라서 쓸 수 있는 게 아니라, 쓰기 때문에 작가인 거다.

당신도 마찬가지다. 글쓰기가 중요한 것이 아니다. 글쓰기는 그저 도구일 뿐이다. 글쓰기를 통해서 당신이 무엇을 누릴 것인지가 훨씬 더 중요하다. '어떻게 하면 글을 잘 쓸까?'보다 '글쓰기를 통해 나는 누구로 살아갈 것인가?'가 보다 더 근본적인 문제다.

"당신은 누구인가? 도대체 당신은 누구길래 누구의 글을 쓰려고 하는가?"

나다움과 살아 있음

글쓰기를 통해서 드러나는 것은 나다움이다. 세상에 존재하는 수많은 사람들 중에 지금 이 순간 바로 이 자리에서 나는 나의 글을 쓴다. 누구나 쓸 수 있는 글이지만 아무나 쓸 수 없는 글이다. 내가 지금 쓰는 이 글은, 오직 나만이 쓸 수 있는 내 글이다.

우리의 일상을 돌아보자. 우리는 모두 똑같은 옷을 입고 똑같은 음식을 먹으며 똑같은 차를 타고 똑같은 회사에 출근한다. 우리는 모두 다른 사람들이지만 얼핏 우리 모두가 똑같은 사람처럼 보인다. 똑같은 제품을 사용하고 똑같은 TV를 보며 똑같은 장면에서 똑같이 웃는다.

현대 사회는 길수록 더 많은 다양성을 보장하는 것 같으면서도 교묘하게 사람들을 획일화해버렸다. 시대를 거스르는 일은 갈수록 더 어려워지고, 모두가 똑같이 평범하게 살기 위해서 발버둥 친다. 과연 당신은 어떻게 당신이 당신임을 증명할 수 있는가?

기계에 박혀 있는 일련번호처럼 기껏해야 주민등록번호 따위가 당신과 타인을 구별해줄 수 있을 따름인가? 미의 기준마저 똑같아진 마당에 모두가 똑같은 얼굴을 하고 똑같은 키에 똑같은 패션을 하고 다닐 날이 멀지 않다.

하지만 이 세상 모든 사람들이 다 똑같은 외모가 될지언정 생각마저 똑같이 만들 수는 없다. 최후까지 남아 있을 인간의 고유한 개성은 바로 생각이다.

글쓰기는 나다움을 건져 올리는 훌륭한 도구다. 똑같은 옷을 입고 똑같은 음식을 먹으며 똑같이 글을 쓴다고 해도, 결코 똑같은 글이 나올 수는 없다. 글쓰기야말로 가장 개성적인 표현 수단이다.

그러므로 글쓰기의 진짜 유익은 나다움이다. 내가 나의 인생을 살아갈 때, 비로소 살아 있다고 말할 수 있다. 살아도 사는 게 아닌 까닭은, 내가 실은 내가 아니기 때문이다. 그러므로 당신의 글을 통해 당신다움을 드러내보라. 글쓰기로 당신의 나다움을 찾아라.

당신이 쓰는 글이 언제나 당신을 드러내줄 것이다. 진심으로 쓴 글에는 진실이 담기는 법이므로.

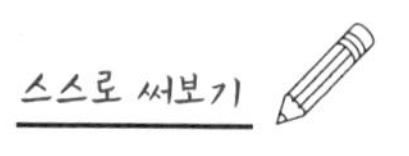

모닝 페이지 8주

날마다 아침에 일어나자마자 A4 3쪽 분량의 글을 쓴다. 쓰면 안 될 것 같은 내용까지 모두 적는다. 3쪽을 다 채웠으면 쓰기를 멈춘다. 한번 쓴 글은 8주 동안 절대로 들춰보지 않는다.

내가 가장 나다운 순간

당신에 대해서 적어보되, 당신이 가장 당신다운 순간을 표현해보라. 시로 적어도 좋고, 상황을 묘사해도 좋고, 설명문처럼 쭈욱 나열해도 좋다. 당신이 당신다운 순간이 잘 생각나지 않는다면 먼저 '당신이 당신답지 않은 순간'을 제목으로 삼아서 적어보라.

가장 나다운 글이 가장 좋은 글이다

글쓰기 열풍이 거세다. 저마다 최대한 정보의 촉수를 뻗쳐서 글쓰기 비법을 찾아내려고 애쓴다. 보다 더 유능한 글쓰기 선생을 찾아 이곳저곳을 우르르 돌아다닌다. 글을 잘 쓴다는 것은 유능함을 드러내는 하나의 자격증처럼 여겨진 지 오래다. 그런데도 여전히 좋은 글은 찾기 어렵고, 글을 쓰는 사람들의 삶은 별로 나아진 것 같아 보이지 않는다.

원래 사람들은 이기적이다. 글쓰기도 결국 하나의 수단에 불과하다. 글을 잘 써서 얻을 수 있는 것을, 글을 안 쓰고도 얻을 수 있다면, 얼마든지 글쓰기를 버릴 수도 있다. 그런데 이 와중에, 참으로 미련하게도 글쓰기에 헌신한 사람들이 있다.

좋은 글을 읽으면 마치 아름다운 사람을 만난 것처럼 가슴 설레어한다. 얼굴을 붉히면서도 그들은 남몰래 자신만의 좋은 글을 탐닉한다. 그들은 온 밤을 지새워 바라던 문장 딱 하나를 얻고는 뛸 듯이 기뻐한다. 그들의 이름은 작가다.

다시,
글쓰기를
묻는다

언로言路는 막혔고 글은 더 이상 진실을 말하려 들지 않는다. '프라우다진실에는 이스베챠보도가 없고, 이스베챠에는 프라우다가 없다'는 구소련의 농담은 이제 한국에서 유행하는 듯하다.

작가의 사명은 글쓰기다. 그것으로 충분하다. 거기서 더할 것도 뺄 것도 없다. 하지만 글쓰기 자체가 잘못될 때 작가의 사명은 끝이다. 봐줄 것도 없고 남는 것도 없다. 글쓰기에 충실하지 못한 작가는 더 이상 작가가 아니다.

글쓰기에 복무하되 글쓰기를 숭배하는 것은 아니다. 작가에게 글쓰기란 그들이 살아가는 방식이고 존재하는 이유이지, 신앙은 아니다. 삶은 그 자체로 소중하고 존재는 그 자체로 의미 있다. 그러니까 그것만으로 충분하다.

글쓰기를 팔아서 돈을 얻을 것도 없고, 글쓰기를 팔아서 명예를 얻을 필요도 없다. 글쓰기는 글쓰기일 뿐이다. 돈이 필요하다면 돈이 되는 일을 하고, 명예가 필요하면 명예로움을 추구할 일이다. 애초에 무엇인가를 팔아서 얻는다는 건 지극히 천박한 발상이다. 다시 말하지만 글쓰기는 글쓰기일 뿐이다.

괴테가 평생 독일어로 작품을 쓰는 것을 소원했듯 나는 나의 모국어로 글을 쓰기 원한다. 하지만 나는 여전히 어머니의 말에 미숙하다. 과연 누가 다 커버린 나에게 모국어를 가르쳐 줄까? 나는 여전히 어리지만 전혀 어려 보이지 않는다. 나는 얼핏 어른스러워 보이지만 실은 어른이 아니다.

글쓰기는 그러므로 나에게는 여전히 간신히 입 밖으로 옹알대는 옹알이에 불과하다. 나는 더 배워야 하고 더 많이 연습해야 한다. 하지만 글을 쓰는 것 말고는 글쓰기를 배울 다른 방법이 없다. 그러므로 나는 쓴다. 서툴지만 한 글자를, 한 단어를, 한 문장을 더 적어본다.

글쓰기를 놓을 수 없는 까닭

헤세가 《데미안》에서 했던 말은 나에게 여전한 상처로 남아 있다. 그것은 너무나 올바르기에 너무나 예리한 말이다. 가슴에 찔린 말은 한번 박힌 뒤에 영영 빠져나갈 줄을 모른다.

> 모든 사람의 삶은 제각기 자기 자신에게로 이르는 길이다. 자기 자신에게로 가는 길의 시도이며, 좁은 오솔길을 가리켜 보여주는 일이다. 그 누구도 온전히 자기 자신이 되어본 적이 없건만, 누구나 자기 자신이 되려고 애쓴다. 어떤 이는 둔하게, 어떤 이는 더 환하게, 누구나 제가 할 수 있는 방식으로, 누구나 제 탄생의 찌꺼기를, 저 근원세계의 점액질과 알껍질을 죽을 때까지 지니고 다닌다. 어떤 이들은 결코 인간이 되지 못하고 개구리나 도마뱀이나 개미로 남아 있다. 어떤 이들은 상체는 인간인데 하체

는 물고기다. 하지만 누구나 인간이 되라고 던진 자연의 내던짐이다. 그리고 모든 사람의 기원, 그 어머니들은 동일하다. 우리는 모두 같은 심연에서 나왔다. 하지만 깊은 심연에서 밖으로 내던져진 하나의 시도인 인간은 누구나 자신만의 목적지를 향해 나아간다. 우리는 서로를 이해할 수 있지만, 누구나 오직 자기 자신만을 해석할 수 있을 뿐이다.

- 헤르만 헤세, 《데미안》의 서문 마지막 부분.

애통하게도, 나는 아직 헤세의 이 말을 다시금 내 말로 옮겨 적지 못하겠다. 내 말로 적을 수 있을 때까지 나는 글쓰기를 놓을 수 없을 것이다. 나는 오늘도 내 글을 쓴다. 그러므로 나는 오늘도 작가다.

부록

세계 최고 작가들의 글쓰기 조언

뉴스와이어 블로그가 소개한 〈세계 최고 작가들의 글쓰기 조언〉입니다. 저는 이것을 조언이라기보다는 저마다 가지고 있는 일종의 글쓰기 체험담이라고 생각합니다. 사람마다 경험담이 다르듯, 작가마다 서로 다른 글쓰기 체험담이 생겨납니다. 중요한 것은 작가들의 조언을 규칙이나 율법처럼 여기지 말고, 내가 나 자신의 글을 쓰면서, 왜 작가들은 이렇게 말했을까? 이해하고 곱씹는 일입니다. 부디 이 아래에 여러분의 체험담이 추가되기를 바랍니다.

모든 문서의 초안은 끔찍하다. 글 쓰는 데는 죽치고 앉아서 쓰는 수밖에 없다. 나는《무기여 잘 있거라》를 총 39번 새로 썼다.

1954년《노인과 바다》로 노벨 문학상을 수상한 어니스트 헤밍웨이

만약 그 글이 '쓴 것처럼' 느껴진다면, 다시 써라.

생생한 묘사 덕분에 '디트로이트의 디킨스'로 불리는 미국 소설가 엘모어 레오나드

달이 빛난다고 하지 말고, 깨진 유리 조각에 반짝이는 한 줄기 빛을 보여줘라.

현대 문학의 초석을 놓았다고 평가받는 러시아의 의사, 단편 소설가, 극작가 안톤 체홉

글에서 '매우', '무척' 등의 단어만 빼면 좋은 글이 완성된다.

19세기 미국 사회를 묘사하며 미국 문학을 주도한 인물로 평가받는 마크 트웨인

짧은 글은 한 가지의 테마로 작성되어야 하며, 모든 문장들이 그 테마와 일맥상통해야 한다.

미국 낭만주의 문학을 대표하는 미국의 시인이자 단편 소설가, 편집자이자 비평가 에드거 앨런 포

작가를 꿈꾸는 어린 친구들이 있다면 반드시《영어 글쓰기의 기본》부터 읽게 하라.

위트에 가득 찬 시와 소설로 이름을 떨친 미국의 단편 소설가이자 시인 도로시 파커

올림픽 출전 선수들이 메달 수상 소감에서 '부모님께 감사드린다. 매일 새벽 연습장으로 데려다 주셨다' 등의 말을 한다. 글쓰기는 피겨 스케이팅이나 스키가 아니다. 부모님의 도움으로는 절대 늘 수 없다. 만약 글을 쓰고 싶다면 집을 나서라.

여행기에 대한 새로운 기준을 제시해 찬사를 받은 미국 소설가 폴 서루

재개념화, 탈대중화, 개인적으로, 결정적으로 등의 용어는 쓰지 마라. 허세의 증거일 뿐이다.

오길비앤매더 광고대행사를 창립한 현대 광고의 아버지 데이빗 오길비

당신만이 할 수 있는 이야기를 써라. 당신보다 더 똑똑하고 우수한 작가들은 많다.
영국의 소설가, 만화책, 그래픽 노벨 작가, 오디오 극장 및 영화 각본가 닐 게이먼

작가의 삶을 시작하는 사람들에게 재능을 연마하기 전 뻔뻔함부터 기르라고 말하고 싶다.
《앵무새 죽이기》로 이름을 널리 알린 작가 하퍼 리

짧은 단어를 쓸 수 있을 때는 절대로 긴 단어를 쓰지 않는다. 빼도 지장이 없는 단어가 있을 경우에는 반드시 뺀다. 능동태를 쓸 수 있는데 수동태를 쓰는 경우는 절대 없도록 한다.
《동물농장》과 《1984》로 현실에 대한 날카로운 풍자를 구사한 조지 오웰

영감은 기다린다고 오지 않는다. 직접 찾으러 나서야 한다.
미국 최고의 이야기꾼으로 유명한, 방랑과 자유분방한 보헤미안 기질의 작가 잭 런던

만약 글을 쓰고 싶다면 많이 읽고, 많이 써라.
미국의 작가, 극작가, 음악가, 칼럼니스트, 배우, 영화 제작자 스티븐 킹

글을 쓰기 전에는 항상 내 앞에 마주 앉은 누군가에게 이야기해주는 것이라고 상상하라. 그리고 그 사람이 지루해서 자리를 뜨지 않도록 하라.
미국에서 가장 많은 베스트셀러 기록을 가지고 있는 인기 작가 제임스 패터슨

많은 정보를 가장 빠른 시간 안에 전달하라. 독자들이 어떤 일이 일어나는지 빨리 파악하고, 이 글을 계속 읽을지 결정할 수 있도록.
블랙코미디 및 풍자로 인기 있는 미국의 수필가이자 소설가 커트 보네거트

다른 사람의 평가는 너무 진지하게 받아들이지 말라.
미국의 작가이자 〈타임(TIME)〉지 평론가 레브 그로스먼

글쓰기가 어렵게 느껴진다면 이는 실제로 어렵기 때문이다. 인간의 행위 중에서 가장 어려운 일 중 하나가 글쓰기다.
1946년 〈뉴욕 헤럴드 트리뷴〉사 기자로 시작해 평생 글쓰기를 연구해온 윌리엄 진서

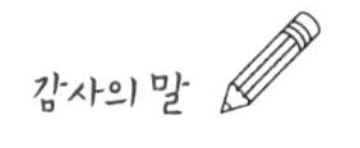

《글쓰기 비행학교》의 출간을 빌려서 저의 글쓰기에 도움을 주신 모든 소중한 분들께 진심으로 감사의 인사를 올립니다.

언제나 변함없는 응원과 사랑을 보내주시는 저의 첫 번째 독자, 가족들. 아버지 김기민, 어머니 박혜옥, 하나뿐인 동생 김다영, 최원재, 처형 김집중, 김현영.

초등학교 시절부터 고등학교까지 늘 나와 함께 읽고 썼던 내 친구들. 우람이, 루마, 재훈, 희동, 성진, 성규, 남건, 수진, 재일, 정인, 도열 형, 한신 형, 광욱 형, 수산나 누나, 필록, 원두, 혜경, 나라, 지혜, 광용, 신애, 희정, 보경, 원혜, 동희, 홍태, 재신, 다영, 은신.

제 안의 글쓰기를 일깨워주신 김성민 선생님, 보고 싶습니다.

대학 시절, 제게 글과 더불어 삶을 가르쳐주신 은사님들. 부산

대학교 한문학과 강명관, 이진오 선생님, 국문학과 고현철, 김중하, 김정자, 한태문 선생님, 성공회대학교 신영복 선생님. 깊이 감사드립니다.

괴롭고 힘들었던 습작 시절을 함께해 준 부산 장영실과학고등학교 도서관, 평택 비전동 문화아파트, 스페인 마드리드 민박집 앞에 있던 이름 모를 맥줏집, 보스턴 파란색 지붕 홈스테이집, 홍대 앞 고시원과 카페들, 특히 cafe mermaid, 파주출판단지, 취재와 인터뷰를 하며 누볐던 전국의 수많은 도로들, 지금도 좋은 글쓰기 작업실이 되어주는 Windy Chicago, 그리고 이 모든 곳에서 만났던 모든 분들, 특히 염빛나리, 이주희, 너무나도 감사합니다.

첫 번째 책에 이어 두 번째 책을 내기까지 이름 없이 세상에 내보냈던 여덟 권의 대필 작품들, 저는 그들의 이름을 기억합니다.

글을 쓸 때마다 말없이 기도와 응원으로 함께해 주시는 우리 마로니에 식구들. 조재국, 김명희, 김미선, 정태동, 서미정, 이

동수, 황지영, 정연, 권민우, 항상 따뜻하게 함께해 주셔서 감사합니다. 여러분은 저의 쓰지 않는 시간을 풍성하게 해주시는 소중한 분들입니다.

또한 대필을 처음 시작할 때 든든한 버팀목이 되어주신 〈사귐의 교회〉 식구들. 문춘근 목사님, 방현주, 구정숙, 황용남, 이오순, 전동수, 전승희, 박태선, 전선미, 김찬욱, 강지혜, 김정규, 장은영, 김관주, 이경진, 전재윤, 송채민.

〈삶의 기술로써 글쓰기 모임〉에 함께해 주시는 모든 분들께도 저의 진심을 전해드립니다. 얼굴을 마주하며 함께 마음 모아 공부할 수 있어서 너무나도 행복합니다. 김귀성, 김성희, 김승훈, 박미숙, 오남경, 이민주, 오민환, 유지인, 이서범, 이한나, 정유진, 조창선, 김예슬, 김지혜, 유수연, 윤효진, 이신혜, 김은주, 신연선, 문희원, 김인숙, 정한울, 허지영, 박유미, 김소영, 신경임, 이호형, 최종훈, 황은지, 이슬예나, 강대진, 김윤경님, 저와 함께 글 쓰는 글벗이 되어주셔서 정말 감사합니다.

매주 수요일, 책과 저자와의 생생한 만남을 만들어오고 있는 북포럼. 고우성, 안철준, 김영서, 한희경, 신현봉, 이경섭, 박미숙, 이혜숙, 이진경, 이지현, 김민주, 정현석, 하미숙 선생님 진심으로 감사합니다. 저는 북포럼을 통해서 처음으로 세상에 나왔고, 북포럼을 통해 책에 진심을 담는 법을 배웠습니다.

〈소울뷰티디자인〉의 김주미 대표님, 〈소울문화살롱〉의 오윤희, 최현식, 강대진, 강미영, 김동규, 김소영, 이진형, 최지혜, 김정혜, 이성빈, 한준희, 나제왕, 진윤선, 조은율, 조미희, 유광희, 오선자, 로이든 김, 정윤만 선생님. 앞으로도 함께 영혼이 통하는 글로 만남을 이어가길 바랍니다.

글쓰기의 좋은 벗이 되어주신 글벗, 〈가이드포스트〉 한송희 편집장님, 성미연 기자님, HESSED IT Corp. 손병기 대표님, 〈오마이스쿨〉 이한나, 〈인문공간 넛지살롱〉 원희운 대표님, 〈소프트 유니브〉 류재훈 대표님, 〈러닝미〉의 유영호 대표님, 〈한국능률협회〉 윤경화 연구원님, 파주 〈아무나학교〉 신호승 선생님 정말 감사합니다.

《글쓰기 비행학교》 추천사를 수락해주신 《대통령의 글쓰기》

강원국 선생님, 동화작가 이미애 선생님, 《미술관 옆 인문학》, 《저는 인문학이 처음인데요》 박홍순 선생님, 〈인사이트〉 안길수 대표님, 〈북포럼〉 고우성 PD님, 《세계일주를 꿈꾸는 당신에게》 최효석 작가님, 〈필링펀치〉 최진주 편집장님께 감사의 마음 한 가득입니다.

끝으로 제가 제 스스로만 작가였던 시절부터 저를 처음으로 작가라고 불러준 저의 글쓰기 동지들, 〈용감한 작가들〉 구자희, 김세종, 김요셉, 김창대, 김지혜, 박재훈, 박현선, 변지영, 손민호, 양윤미, 이유겸, 이준형, 정원탁, 정유진, 최회성, 한미향, 한지선, 한혜경, 황웅규. 앞으로도 계속해서 함께 글을 쓰며 살기를, 고마운 마음으로 간절히 바랍니다.

강은영 선생님, 고맙습니다.

이 외에도 일일이 이름을 언급하지 못한 분들이 많이 계십니다. 여러분의 이름도 이 책 안에 담겨 있습니다. 무엇보다 제 책을 읽고 저와 함께해 주시는 독자 여러분들에게 진심으로 감사의 마음을 전해드립니다. 삶과 글로 더 열심히 쓰고 더 기뻐게 살겠습니다.

거듭 감사드립니다.